让他喊我姐姐，好像比登天还难。

COOKING
做饭小狗

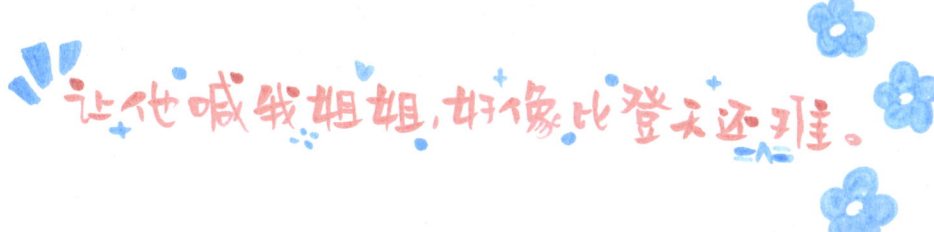

目录

Chapter 01　被谁偷亲了　001
- 初印象是精致的瓷娃娃
- 死对头是校园言情文男主角配置
- 还未出场的温柔系竹马
- 一封查重率99%的信

Chapter 02　会有人喜欢我吗　023
- 跟在她身后的小尾巴
- 李钟灵对萧南有过好感
- "哑巴"帅哥
- 他们只能当好朋友

Chapter 03　好像发现了秘密　049
- 一个很大的漏洞
- 这是我第二次见你哭
- 出生那天就打了招呼的青梅竹马
- 雪花飘飘，街道萧条，她捡垃圾养姜北言

Chapter 04　是他偷亲了我　073
- 李钟灵的一天
- 有些事已经没有勇气做第三次了
- 像花泽类一样温柔的人
- 你在害怕什么

Chapter 05　对喜欢的人如此坚定　091
- 就像空气一样，没什么存在感
- 倒了八辈子的霉
- 哪怕是吵一百次架，也一定会有一百零一次和好
- 做错了吗

109 · **Chapter 06　在一起的可能性**
- 学调酒
- 认识十八年的默契
- 挡桃花，砍桃树
- 五十块钱

135 · **Chapter 07　我绝对不能没有空气**
- 小西对我来说，就像是空气
- 可是我啊，绝对不能没有空气
- 等一个喜欢的人来找我，是很高兴的事
- 他竟然让她去勾引程嘉西

161 · **Chapter 08　我在意程嘉西**
- 小鸡崽翅膀硬了，鸡妈妈该退休咯
- 很有缘由的烦躁
- 钟灵的任何事情都不是麻烦
- 你有四个竹马

187 · **Chapter 09　请继续当我的空气**
- 少女心事
- 她或许也要爱上下雨天了
- 你睡着的样子很可爱
- 我喜欢你

221 · *Extra*　他所追逐的世界
- 她的朋友太多了
- 生长在阳光下的太阳花
- 不是上天赐予的巧合
- 他正在成为李钟灵的习惯

高考后竹马偷亲了我一下

今天是高考结束的第一天。

李钟灵在家坐立难安,边啃着手指,边来回踱步,脑子里乱成一团糨糊。

事情是这样的,昨天既是她高考的最后一天,也是她的竹马程嘉西的生日。

由于李钟灵已经提前和程嘉西约定好要给他庆生,所以她一考完,就飞奔去他家——庆祝生日,庆祝毕业,和小伙伴们玩游戏、打牌,一直玩到半夜。

兴之所至,他们还喝了点小酒。

李钟灵也刚过完十八岁生日,这是她第一次喝酒,不知自己酒量深浅,把自己喝得晕晕乎乎的,直接就睡那儿了。

恍惚间李钟灵觉得自己仿佛在睡梦中,也不清楚是几点,听见似乎有人在喊她。

她睡得迷迷糊糊,但实在太困,虽然有一点混沌的意识,却睁不开眼睛。

正当她在继续做梦和睁眼之间挣扎时,一只宽大的手轻轻覆上她的眼睛,然后,那个人……在她的脸上亲了一下!

李钟灵的睡意和酒意瞬间没了，大脑只剩一片空白。

她惊吓过度，连脑子也短路了，闭着眼睛，动也不敢动，直到那个人离开。

她竟然被自己的竹马亲了！

大家从小穿一条裤子长大，我把你当兄弟，你竟然喜欢我？

喜欢就算了，光明正大地给我告白啊！搞偷袭算什么本事？

李钟灵一定要把那个坏小子给揪出来，狠狠唾弃他！嘲笑他！

但是，她现在面临的最大问题是——谁亲了她？

因为昨天晚上，她的四个竹马都留宿在了程嘉西家。

李钟灵是从程嘉西家偷摸着跑回来的。

虽然只是蜻蜓点水似的一个吻，但嘴唇落下的触感仿佛还留在李钟灵的脸上。

那个人的嘴唇非常柔软，蒙住她眼睛的手掌也十分温暖。

但这是人都有的特征吧？实在算不上什么线索。

现在已经十点多了，李钟灵都快把自己的指甲啃秃了，还是没能想出个所以然来。

要不然直接去问："你们昨晚谁亲了我？"

不行！这样一定会有人说她在做春梦，会被他们笑死的，李钟灵可太知道那群人的德行了！

既然不能直接问，那就得问得委婉点。思来想去，李钟灵只想出套话这个办法。

她拿出手机，在几个置顶的微信联系人里，先挑出了脑子最不好使的那一位——祁东。

祁东是这四个人里对李钟灵最唯命是从的,早在他们上幼儿园的时候,李钟灵就把他收入麾下当小弟了。

刚认识祁东的时候,他还是个细胳膊细腿的小豆丁,尽管比李钟灵还大一岁,却矮了她半个头。

祁东的老妈是警察,老爸开拳馆,怎么看怎么威风,偏偏生出来的祁东却畏畏缩缩、柔柔弱弱,仿佛风一吹就能倒。

李钟灵和他的相识,就是一场"英雄救豆丁"的大戏——李钟灵见义勇为,在坏孩子欺负祁东时帮了他。

此后,祁东就每天巴巴地跟着她,上供零食,上供玩具,一口一个大姐大。

不过,从初中开始,这小子就忽然转了性,竟然开始锻炼。祁东每天风雨无阻地去晨跑,个子跟抽条似的长,肌肉也跟气球一样膨胀,从细胳膊细腿的小豆丁,变成肌肉硬邦邦的大块头。

现在的祁东,轻轻松松就能做一百个俯卧撑,还动不动就邀请李钟灵坐在他的背上,给他负重加练。

不仅如此……李钟灵的记忆渐渐复苏,她忽然想起一件往事。

祁东以前向她告白过!

其实也不算告白,就是他们在聊天时,扯到谁收到过信的话题,李钟灵抱怨了句,怎么她从来没收到过信。

结果第二天,祁东就给她塞了一封用草稿纸写的信,还神秘兮兮让她拆开来看。

那封"信"是这样的:

大姐大,看不见你的笑,我怎么睡得着?说不上为什么,我变得很主动,但你是我唯一想要的了解,原来爱会慢慢增加重量,我的爱溢出就像雨水……

除了开头的称呼和最后的署名,中间全是歌词,查重率99%。

祁东还特骄傲地拍了拍自己的小胸脯,一脸求表扬的模样:"别人有的,我们大姐大也必须安排上!"

李钟灵当场就把那封信揉成一团,丢在了他脑袋上:"当我不听周杰伦啊?浑蛋!"

祁东抱头鼠窜,委屈道:"我的作文只有五分你又不是不知道。"

李钟灵从来没把这件事放在心上,毕竟那实在算不上告白。

不过,祁东向来对她有求必应倒是真的。这小子整天嘻嘻哈哈的,没个正经,以前上学的时候也没见他和其他女生走得近,现在回想起来,昨天晚上,祁东他……也不是没有嫌疑啊。

李钟灵越想越怀疑,便给他发了一条微信:你昨晚是不是干什么坏事了?

结果她等了半天,祁东也没回她。昨晚他似乎喝了不少,估计这会儿还在睡觉。

没等到祁东的回复,却等来了另一个微信置顶联系人——萧南的消息。

萧南是他们这群人里最靠谱的,可能因为他的父母都是高中老师,所以从小他就非常稳重,像个小大人。

想当年，李钟灵带着还是小豆丁的祁东"闯荡江湖"时，遇见了萧南。

萧南长得白净，五官秀气，长相斯文，光是坐在那里，身上的书生气便扑面而来。

于是，从小就是"颜狗"的李钟灵便诚邀萧南来跟她一起玩过家家，萧南没有拒绝。

不过，他答应跟拒绝也没什么差别。

她和祁东在玩跳房子，萧南在旁边看书；她和祁东在看动画片，萧南在旁边看书；她和祁东在看武侠片，萧南还在旁边看书；她和祁东被高年级的臭小孩们欺负，萧南还是捧着书。

不过这次，萧南是捧着书向他们走过来，推了推他的小圆框眼镜，不紧不慢地开口道："打架，如果构成犯罪的，要判处三年以下有期徒刑、拘役或者管制；致人重伤的，处三年以上十年以下有期徒刑……"

臭小孩们被他背出来的法律条文给吓走了。

那时候，他们都还没到十岁，萧南用实力证明知识就是力量。

李钟灵大开眼界，祁东崇拜的人又多了一个。

尤其是在每年寒暑假结束的前一天，两人分别抱住萧南的两条大腿，声泪俱下道："萧大侠，萧老师，救孩子一命！"

此时此刻，萧南正在发消息，问她是不是回家了？

李钟灵回了个"1"。

萧南：昨晚看你喝了不少酒，还难受吗？

李钟灵正想回复一句"没事"，心中却忽然拉响了警铃。

这人主动跟她提起昨晚，莫不是心里有鬼？

而且，萧南还有过趁她睡着，偷偷摸摸搞小动作的前科。

李钟灵之所以能记得这么清楚，是因为这事就发生在去年暑假。

李钟灵的成绩一直不上不下——不过用"不上不下"来形容，似乎不太恰当，准确点来说是"上下上下"，跟坐过山车似的起伏不定，好的时候能冲进年级前十，不好的时候会跌到年级三百往后。

对此，祁东曾有过精准形容，说李钟灵考试就像在打电竞，别人是稳定输出，她吃状态。

为此，她妈妈陈美玉女士很是着急。去年暑假，陈美玉女士给萧南的父母又是送烟又是送酒，只为请两位老师给李钟灵开个小灶。

凭着两家人多年的交情，萧南父母没收礼，却收下了李钟灵。

于是李钟灵被迫在萧南家补了一个暑假的课。

有一次，萧南的爸妈都不在家，李钟灵便在他家书房自习。没人监督，她当然要摸鱼，趴在桌上睡得哈喇子直流。李钟灵正做着美梦，迷迷糊糊地，忽然感觉自己贴在脸上的头发被人轻轻撩到了耳后，似乎还有视线落在她脸上，久久不曾离开。

李钟灵动了动眼珠子，她实在是很困，半梦半醒间却感觉呼吸不上来。她挣扎着醒过来，睁开眼，就看见一只骨节分明的手捏住了她的鼻子。

而萧南就坐在她旁边，侧着身子靠在桌沿，另一只手托着腮，笑盈盈地瞧着她。

他有一双很漂亮的眼睛，双眼皮，近似桃花眼的眼型，眼尾微微上扬。这样一双眼，哪怕只是看着路过的一只狗，也容易让人以为他对狗有多深情。

就算干坏事被抓包，萧南也不心虚，他不紧不慢地收回手，镜片下那双眼睛连眨一下都像是在对人放电："我发现，你睡着了还挺可爱的。"

岁月这把无情刀，让文质书生长成了"斯文败类"。

李钟灵当即踹了他一脚："这就是你要闷死我的理由吗？浑蛋！"

那时候她只觉得萧南是在恶作剧，现在回想起来，没准他那时候就已经对自己动了歪心思？

李钟灵盯着手机里那条消息看了很久，萧南比祁东聪明太多，她不能像问祁东那样问他。

于是她换了个问法：我昨晚喝断片了，快给我讲讲你们后来又发了什么疯！

萧南很快回复：真的什么都不记得了吗？

正常来说，萧南难道不应该顺着她的问题回答吗？这样的反问是什么意思？是想确认她是不是真断片了？

李钟灵越想越觉得萧南不正常，他的嫌疑比祁东还大！

李钟灵没有回答萧南的那个问题。

因为她家的门铃响了。

李钟灵放下手机，跑去开门，一打开门，就看见两个帅哥——

果然，帅哥的脸不管看多少次，都看不腻。

左边站着的是个穿着白色短袖的男生，就是昨天的寿星，程嘉西。

程嘉西是在小学六年级的时候搬过来的，和李钟灵认识得最晚，也是他们这群人里最乖巧、最安静的一个。程嘉西性格乖，长得也很乖。他皮肤很白，像是晒不黑一样，一双下垂的狗狗眼，睫毛很长，看上去没有一点攻击性。程嘉西小时候就像精致的瓷娃娃，长大之后也是公认的美少年。

但他太安静，平时都不怎么说话，甚至有些呆，反应总是慢半拍，也就只有跟他们待在一起的时候，才会笑得多一些——就连笑，程嘉西都是抿着唇腼腆地笑。

如果不是这张脸长得太好看，程嘉西的存在感恐怕还要低些。

李钟灵对程嘉西的最初印象，就是他经常跟他爸爸来她家开的饭馆吃饭。

"颜狗"对长得好看的人总是会多些关注，更何况是如此精致的"瓷娃娃"。

李钟灵一开始试图跟他搭话，却都被他无视了，反而先跟他爸混熟了。

那时候，李钟灵还不知道"高冷"这个词，就喊程嘉西"呆子"。后来，她从言情小说里学到了"高冷"这个词，周围也有不少女生给程嘉西安了个"高冷校草"的称号。

李钟灵和程嘉西混熟了后才知道，其实他并不是高冷，只是有点迟钝、社恐，所以显得呆呆的。而且程嘉西真的很乖，尤其听李钟灵的话,从小到大不知道给她背过多少"黑锅",连让他撒个谎都是在为难他。

光是看着程嘉西这张单纯的脸,李钟灵就觉得昨晚那个坏小子肯定不是他。

而程嘉西右边这个身着黑色短袖,臭着一张脸的少年姜北言,才真的是个"真高冷""臭脾气""毒嘴巴"——说他是李钟灵的"死对头"更贴切。

李钟灵自初中起就开始看言情小说,而她眼前这个黑衣少年,无论是被捧为校草的长相,还是那跩跩的性格,甚至那被不知多少人仰慕的经历,都是妥妥的校园言情文男主角配置。

李钟灵和姜北言认识最久,他们两家是住在一个巷子里的邻居。打从娘胎里起,李钟灵和姜北言就被两边的老妈带着打招呼了。

就连出生日期,他俩都只差了一天。

但李钟灵跟姜北言从小就不对付,甚至恨不得往对方的菜里多加两勺盐。

尤其是初中的时候,姜北言做了一件事,差点没把李钟灵给气死。

那时候,李钟灵对姜北言班上的学委很有好感,天天找各种借口去他班上晃悠,费尽心思,才如愿和学委互通姓名和联系方式。

眼瞧着李钟灵和学委关系越来越好,姜北言便把他的手机带到了学校,还不知道什么时候把李钟灵"发癫"一样的笑声录了下来，设置成手机铃声。

李钟灵和学委在前面走，姜北言便揣着铃声响个不停的手机悠悠路过。

学委认出了李钟灵魔性的笑声，她好不容易装出来的淑女形象就此毁于一旦。

此后，她和学委再也没有见过面。

放在校园言情小说里，按照套路，姜北言一定是因为喜欢她才故意那么做的。

但绝对不是！

姜北言就只是单纯在报复她，因为她之前不小心弄丢了他写给班花的信。

总之，昨晚那个偷亲她的人也绝不可能是姜北言！

李钟灵站在门口，双手环胸，看着门外的人，视线落在姜北言身上，她扬起下巴，语气不善："这时候来我家干吗？"

目光交汇，少年跟她对视了几秒。姜北言先一步撇开脸，浑身上下写着别扭："没事就不能来？"

李钟灵一怔，心中警铃大作。

说话就说话，你脸红做什么！

"看你昨晚醉得难受，我来给你做醒酒汤。"程嘉西提起手中的袋子晃了晃，打破了门口的僵局。

李钟灵偏头望向他，少年清澈干净的目光映入眼帘，黑色的眸子如往常一样，静静地注视着她。

短暂对视两秒后，她错开视线，侧身给程嘉西让路，挠挠头,装模作样地客气道:"哎呀,这多不好意思,还麻烦你特意跑一趟。"

程嘉西眯着眼睛,抿唇笑着,腼腆乖巧。

倒是姜北言冷哼一声,戳破了她的假客气:"我看你挺好意思的。"

一面对他,李钟灵便秒变脸,不客气地回怼:"那你别进来。"

话是这么说,李钟灵还是让他进了屋。

大家大概是瞧她昨晚第一次醉酒,所以今天一个两个都跑来关心她。

李钟灵昨晚着实醉得突然,刚开始怎么喝都没感觉,结果玩着玩着,忽然就觉得有些头晕,醉意上头。但她感觉自己并没有喝多少,或许只是因为第一次喝酒,所以身体有点不适应。

姜北言和程嘉西都是李钟灵家的常客。前者因为是邻居,离得近,串门太方便;后者则因为对方是单亲家庭,家里没人。程爸做生意很忙,经常不着家,李钟灵的老妈陈美玉女士出于热心和怜爱,便经常邀请他来家里吃饭。

两个人对李家的格局都很熟悉,程嘉西拎着菜直奔厨房,也不用李钟灵多说,就轻车熟路地拿东西去煮醒酒汤了。

至于姜北言,自进屋后,就被李钟灵盯着。

他走到哪儿,李钟灵的视线就跟到哪儿,盯得姜北言浑身的骨头都不自在,就跟赤脚走在石子路似的。他一会儿去厨房瞧瞧干活儿的程嘉西,一会儿回到客厅坐在沙发上,眉心紧拧,避免和她对视,几次欲言又止。

李钟灵越看越觉得姜北言心里有鬼。

对姜北言,她一贯是直来直去的,于是便开门见山道:"你是不是做了什么亏心事?"

姜北言的反应比她想象中还大,人差点儿就从沙发上弹起来了,连声音都拔高了两个度:"我能做什么亏心事?"

李钟灵一副"你小子太嫩,根本瞒不过我"的神情,说:"你知道吗?一般只有小狗才会对人汪汪叫,大狗都很安静,因为小狗个头小,没安全感,所以用叫声来给自己壮气势。"

姜北言的脸色很臭:"你骂谁是狗呢?"

李钟灵耸肩:"谁接话我骂谁。"

姜北言想要回怼,才发出个单音节,就又闭了嘴,靠回沙发,抱着手臂不说话。

这么反常?这下李钟灵更觉得昨晚那个人是他,平时这个时候,他早跟自己吵起来了。

虽然姜北言这人看起来很拽,还毒舌,实际上一点心事都藏不住。

这家伙,纯情得很。

初中那会儿,学校里刮起一阵送信风潮,姜北言和程嘉西都是收信收到手软的那拨。

从来没收过信的李钟灵,看着不知道有多羡慕。

他们这堆人里,唯独李钟灵至今还没收到过一个异性的好感示意,就连没心没肺的祁东都被女生拦过。

当然,如果有人告白,她多半还是会拒绝的,毕竟还是要以学习为重，而且陈美玉女士要是知道，肯定要打断她的腿。

但少年总有些奇奇怪怪的攀比心和青春期的敏感，李钟灵那会儿头一次对自己的外表和人格魅力感到怀疑。

再加上从小到大，太多人说过她皮得跟泼猴似的，日积月累的，她也开始怀疑起自己，是不是长太丑了，头发太短，皮肤太黑，太男孩子气？

这也是为什么祁东哪怕抄歌词，也要给她一封查重率99%的信。祁东是在安慰她。

李钟灵虽然嘴上嫌弃祁东的信，但心里其实还挺感动。不过那时她也没想到，送信这件事居然还是个连续剧。

就在这封查重率99%的信之后，李钟灵班上的班花觉得李钟灵和姜北言关系好，就委托（用零食贿赂）她，帮忙把自己的信件转交给姜北言。

因为姜北言这小子很贱，当面给他，他是不会要的；但不当面给他，他也不会拆。

李钟灵身为一个"颜狗"和"吃货"，拒绝不了美女，更拒绝不了美女的零食，于是毅然决然地接下了这活儿。

回家路上，她把信给姜北言。

当她把东西递过去的时候，原本吊儿郎当斜挎着书包的姜北言整个人都僵住了："这是什么？"

"信啊。"

"给我的？"

"不然呢？"李钟灵真怀疑这人在明知故问，故意炫耀。

姜北言整个人就像没上润滑油的机器人，修长的手指僵硬地捏住信的一角，他那细碎的黑发没能完全遮住的耳根，正以肉眼可见的速度变红。

然而，在看见上面"姜北言收"几个字时，姜北言唇角的弧度消失了。

"这谁写的？"这不是他熟悉的狗爬字。

李钟灵暧昧地朝他挤了挤眼睛："我们班的班花，你见过的吧？就是我们班最漂亮的那个女生，长头发，皮肤白白的，眼睛大大的那个。"

姜北言紧绷着脸，声音冷了下来："没印象。"

李钟灵"喊"了声，明显不信："少来，没有人不喜欢美女，你就睁眼说瞎话吧。"

说罢，李钟灵还用手臂撞了下身旁跟着去她家吃饭的程嘉西："是吧，小西？"

程嘉西一贯安静，也一贯迟钝，这会儿自然也没跟上他们的节奏，只见他摘下一侧的耳机，慢吞吞地问："嗯？什么？"

表情还有些呆滞。

李钟灵摇摇头，无奈又怜爱："算了，继续听你的歌吧。"

没有人不喜欢美女，但"社恐"程嘉西是个例外——他之前被美女搭讪，往李钟灵身后躲得比兔子还快。

等等，这是不是说明在这小子眼里，她长得不漂亮？

李钟灵痛心扼腕，感觉自己的自尊心被狠狠地打击了。

姜北言盯着她半天，没拿信的那只手不自觉地抓紧身前斜挎包的包带，语气硬邦邦地憋出一句："我喜欢短发。"

李钟灵冲他翻了个白眼，丝毫不信他的话："得了吧，你上次还说你女神是长头发。"

姜北言已然忘了这茬，被堵得无话可说，脸色红了又黑，最后臭着脸冷哼了一声，加快脚步把他们甩在身后，怎么喊也不回头。

第二天早上，李钟灵才背着书包出门，顶着两个黑眼圈的姜北言就往她怀里塞了封一看就是信的东西，还被他恶狠狠警告："不准告诉别人。"说完就红着脸跑了。

李钟灵从莫名到无语。

昨天还硬邦邦地不肯收班花的信，今天就给人回信，看那两个大黑眼圈，估计还是熬夜写的。

这人是有多心口不一？

李钟灵原想着到学校就把信给班花，结果一到学校，就发现自己昨天忘记写语文老师布置的家庭作业了，连忙逮着当时和自己同班的萧南，开始生死时速般抄作业。终于，李钟灵赶在课代表把作业交到办公室的前一秒，补完了作业。

作业是补完了，可她把转交信这事也忘干净了，等李钟灵想起来的时候，已经放学回家了。更糟糕的是，第二天回学校，她书包里的信不见了，她把书包都翻遍了，也没能找出信来。

李钟灵急得团团转，没办法，只好在放学后硬着头皮去找姜北言，想跟他打个商量，让他再写一封。

那天，姜北言很晚才回家，脸色很差，听她说完信不小心被弄丢后，脸色更差了。

李钟灵自觉理亏，心想，这次要是被他骂一顿，她绝对不回嘴——当然，仅限今天。

然而，姜北言就只丢下一句话："算了。"

"我知道这是我……算了？"李钟灵都准备好了谢罪说辞，没想到他竟然说算了。

"嗯，算了。"他推门进屋，把愣住的李钟灵留在屋外。

姜北言没有骂她，却整整一周都没怎么跟她说话。

姜北言是不会隐藏情绪的人，嘴上说着不生气，可谁都看得出来，那一周他都很不开心。

而现在这会儿，他的心虚都写在了脸上。

这不是做了亏心事是什么？

李钟灵眼珠子一转，一屁股坐在他的旁边，满脸不怀好意。

姜北言皱了下眉，往旁边挪，李钟灵也跟着往他那边挪，他再挪，她也再挪。

一米八几的大高个，被她挤到了沙发的角落。

她回家后洗了个澡，身上带着沐浴露的香味，清甜的蜜桃味直往少年鼻腔里钻，仿佛连舌尖也尝到了一丝甜。

在耳根变红之前，姜北言抬手摁上她的脑门，把她往另一边推，语气很冲："你到底要干什么？"

李钟灵也顾不上在意他的粗鲁，两只手扣住他的手腕，像盯犯人一样盯着他："昨天晚上……"

李钟灵的话仿佛触发了什么开关，姜北言噌地一下抽回手,站起来,语速飞快:"昨晚我喝多了,脑子不清醒,断断断片了!"

"瞧你这心虚样。"李钟灵在心里嗤笑了声。敢作不敢当,算什么男子汉?

难得见这家伙这么慌张,李钟灵很是幸灾乐祸。虽然她揪出这坏小子就是为了狠狠嘲笑他、唾弃他,但这里还有另一个人在,李钟灵也没想当着程嘉西的面用这件事调侃姜北言。

这种秘密越少人知道,才越能成为她拿捏姜北言的把柄。

"好吧。"李钟灵耸耸肩,暂时将错就错,"我也不太记得昨晚发生了什么,本来想问问你,既然你说你断片了,那算了。"

姜北言一愣:"你不记得了?从哪里开始不记得?"

李钟灵装模作样地思考了一番,才慢悠悠地回答:"就记得喝完酒后躺沙发睡了。"

她这也不能完全算撒谎,因为她确实昨晚喝完酒后觉得头晕,躺沙发上睡着了。

虽然后来不知道是谁把她搬床上去的,但她确定自己只是睡了一觉。

姜北言盯着她,像是在辨别她是在撒谎还是在说实话。观察几秒后,他抿着的唇动了动,表情说不上是庆幸还是失落,失神地喃喃道:"真不记得了……"

李钟灵点点头,做出满不在乎的语气,潇洒地拍了拍他的肩膀:"反正也没发生什么,不记得就不记得了,人嘛,往前看。"

说完她又觉得,这话是不是有点此地无银三百两?李钟灵正琢磨着要不要再换个说辞,厨房里忽然传来碗打碎的动静。

李钟灵脑子一空,跑去厨房。

程嘉西正低着头蹲在碎片旁边,额前的小碎发垂下,眉眼隐在阴影中。

他一只手拿着沾了血的碎片,另一只手的指腹被划破,鲜红的血顺着手指滑落,触目惊心。

听到李钟灵跑来,少年慢吞吞地抬起头,眼里满是歉疚:"对不起,把你家的碗打碎了。"

他又要去捡碎片,李钟灵连忙抓住他的手,把他拽起来,又气又心疼:"这时候还想什么碗啊,你的手更重要啊,笨蛋!"

这可是弹钢琴的手!

程嘉西垂着脑袋,没吭声,乖乖地跟着她走。

李钟灵让他在客厅等着,她去陈女士的卧室拿医药箱,又让姜北言把厨房里的碎片收拾一下。

"我是你的仆人吗?"姜北言嘟囔了一句,嘴上虽然这么说,但他还是去了厨房。

李钟灵在客厅里为程嘉西处理伤口。

也不知道是怎么不小心划到的,程嘉西指腹的伤口又长又深,难怪会流这么多血。

比起他这张无害的脸,他的手更有侵略性。

程嘉西手掌宽大,比她的手要大上一圈,修长的手指此刻微微弯曲着,手背的皮肤冷白,青色的血管像蜿蜒的山脉。

李钟灵给他止血消毒时,不可避免地想起昨晚那只蒙住她眼睛的手。

那个人的手也很宽大，手指也很长。

程嘉西的手……是不是和昨晚那只手有点像啊？

但这个念头也就持续了一秒。

她这几个竹马个个都很高，都是手掌大，手指修长，又不是只有程嘉西才有这个特征，姜北言的手也大着呢。

李钟灵晃了晃脑袋，把这离谱的想法赶出脑子。

顺着李钟灵的动作，她披在身后的长发从肩头垂落一缕，贴在脸颊。

程嘉西抬起另一只手，帮她把头发撩到耳后。

微凉的指腹轻轻蹭过她的脸颊，羽毛一般柔软的触感。

李钟灵微微一愣，下意识抬头。

程嘉西也看着她，清澈干净的眼睛，微微下垂的眼尾，自带无辜的气质。

他弯着唇，笑得很乖："怎么了？"

李钟灵如梦初醒般回神，笑着调侃道："没事，我们小西也终于十八岁了，怎么感觉一夜之间长大不少呢？"

程嘉西收起笑容，皱着眉小声咕哝道："你也只比我大两个月而已……"

李钟灵屈指敲了一下他的脑袋，做出一副姐姐模样，教训他："两个月就不是大了？你看姜北言那家伙，大我一天都说了多少年了。"

"我这又帮着干活又要被你说坏话是吧？"姜北言端着醒酒汤

走过来,不满地插嘴,"过来喝汤,大小姐。"

"我是在陈述事实,大少爷。"

两人阴阳怪气的语气如出一辙。

李钟灵收起医药箱,过去喝醒酒汤。她习惯性地先扎头发,头发挽起来后才发现手腕上没戴头绳。

她昨天是绑着头发考试的,今天是披着头发回来的,估计昨晚睡觉的时候觉得硌着不舒服,扯下来随手扔了。

她从小就有丢三落四的毛病,改也改不了,头绳、橡皮、笔盖,这三样东西几乎每周都能丢一次。

李钟灵正要回房间拿,卧室里刚好传来手机铃声,还是陈美玉女士的专属电话铃声。

电话接通,那头就传来陈美玉女士的催促声,催她没起床就赶紧起床,去店里帮忙——这会儿是饭点,正是她家饭馆最忙的时候。

李钟灵匆忙答应。

挂断电话后,李钟灵发现祁东在二十分钟前回了自己一条消息——紧接着她那条问他"昨晚是不是干了什么坏事"的消息后。

祁东:大姐大,是我一时鬼迷心窍!对不起!

李钟灵蒙了。

啊?不是姜北言吗?

怎么是你小子啊?!

陈美玉女士开的小饭馆在初中附近，平时来吃饭的大多是学生。

李钟灵赶去饭馆帮忙，还带着姜北言和程嘉西两个小尾巴。

她去后厨帮忙，他们在外面帮着招待客人们点餐。

这两人一出现，来吃饭的女学生比平时要多一倍，反而让店里更忙。

李钟灵想让这俩帮"倒忙"的回去，却被陈美玉拦住："活招牌，不要白不要嘞。"

李钟灵无奈："陈姐，您是掉进钱眼里了吗？咱这可是正经餐馆，你看那两个人，都快成活招牌了。"

"去去去，说什么鬼话呢？"陈美玉笑骂了一声，又老账新翻，"多赚点钱不好吗？我还不是想多攒点钱给你上大学。"

李钟灵是单亲家庭。

她刚出生没多久，她爸就因为尿毒症去世了，是陈美玉一个人盘下这家苍蝇馆子，把她拉扯大。

单亲妈妈带小孩不容易，她又长得漂亮，没少遇见来店里找事的主，好在陈美玉性格泼辣，谁欺负她，她就顶回去，根本不是会忍气吞声的人。

李钟灵小时候被熊孩子欺负,他们往她身上砸小石头,骂她小克星,克死了她爸。陈美玉知道后,手往围裙上一擦,一只手牵着李钟灵,一只手拿着菜刀,直奔那熊孩子家激情对骂,闹了个天翻地覆,最后都有人报警了。

自那之后,再没人敢在李钟灵面前提"小克星"这三个字。

多亏有这个泼辣妈罩着,李钟灵才能有现在这没心没肺的性格。

"我去读大学,以后家里就您一个,寂不寂寞啊?"李钟灵贱嗖嗖地调侃。

陈美玉嗤笑了声:"巴不得你走呢。"

尽管早知道会是这种回答,李钟灵还是没忍住翻了个白眼,又说:"行啊,反正结婚记得通知我就行。"

陈美玉一愣,停下手中的活,看着自家姑娘:"你……都知道了?"

李钟灵耸耸肩:"知母莫若女,您能瞒得住我?"

她虽然看上去缺心眼,但这点眼力见还是有的。

李钟灵早在高二的时候就注意到了,她家陈美玉女士和程嘉西的老爸,关系有那么一点不对劲。

程爸爸是个生意人,虽然现在生意做得不错,但早些年确实有些惨。

他白手起家,又破了产,欠了不少外债,程嘉西的妈妈也因为欠债而跟他离婚。

程爸爸带着程嘉西第一次在这下馆子的时候，大概就是这父子俩最惨的时候——一个破产离婚，一个被老妈抛弃，父子俩一个比一个内向。也难怪李钟灵当时不论怎么去跟程嘉西搭话，这家伙连一个眼神都不给。

陈美玉女士因为可怜程嘉西，所以常常让李钟灵带着他来家里吃饭。

一个单亲爸，一个单亲妈，两个不容易的成年人凑在一起，多少会有点惺惺相惜吧。所以他们之间产生点什么感情，李钟灵并没有很意外，也猜得出他们之所以一直瞒着这件事，大概是怕她和程嘉西接受不了，想等他们高考完，再找机会说。

李钟灵抬头看着那边的程嘉西。

第一次见他，是小学六年级。

那时候他父母刚离婚，他跟着破产的程爸搬来这边住。

这个精致得像瓷娃娃一样的小男孩，眼睛像李钟灵最宝贝的那颗玻璃弹珠，漂亮却了无生气。

那时候的程嘉西性格冷淡，李钟灵怎么跟他讲话，他都不搭理。

"你该不会是哑巴吧？"

那时候的李钟灵也够单纯，说话不懂含蓄。在她讲了一百句，程嘉西都没回一句的时候，她天真地做出了这样的猜测："如果是哑巴，你就点头，不是就摇头。"

为了得到确定的答案，她甚至想出让对方用肢体动作来回答的办法。

可程嘉西还是没什么反应,就像没听见她讲话一般。

李钟灵的表情更惊恐了,看了一眼面无表情的程嘉西,又看了一眼他旁边满脸写着落寞颓败的程爸爸,捂着嘴小声自言自语:"该不会还是个聋子吧?"

话刚说完,李钟灵就被走过来上菜的陈美玉女士骂了一通:"瞎说什么呢,没礼貌,赶紧跟人道歉!"

"我没瞎说,你看我跟他说话他都没反应!"李钟灵振振有词。

老天做证,她真不是在瞎说,也没有任何冒犯的意思,她是真的在怀疑这个漂亮的小男孩是个聋哑人。

陈美玉女士把菜放到桌上,腾出的手立刻就落在了她的耳朵上。不顾李钟灵"哎哟哎哟"的叫唤,陈美玉女士揪着她的耳朵给程爸爸和程嘉西赔笑脸道歉:"真是不好意思,我家娃的脑子有问题,太冒犯你们了,你们别见怪,今天这顿我给你们免单,随便吃哈。"

程爸爸同程嘉西一样,对李钟灵的吵闹和陈美玉的免单没什么太大反应,就像块破败的烂布,哪怕是被野狗撕扯一番,也不会有任何反抗。

落魄的中年男人勉强维持一份成年人的体面,低声向陈美玉道了声谢后,又对程嘉西说了句:"吃饭吧。"

程嘉西因为他的话而有了反应,拿起筷子慢慢地夹起白米饭。

耳朵还被揪着的李钟灵睁大眼睛,口无遮拦:"原来你听得见呀!"

刚说完,陈美玉揪着她耳朵的力度更大了些,一边把她拽走,一边骂:"就你会叽叽,回去给我写作业!"

李钟灵被迫跟着她走,龇牙咧嘴地一个劲喊疼。

她和程嘉西的第一次见面并不美好,现在回想起来,李钟灵仍觉得耳朵隐隐作痛。

要是程嘉西稍微丑上那么一点,李钟灵就再也不会想跟他讲话了,但谁让他生得那么好看,眼睛、鼻子、嘴巴,哪哪都好看。李钟灵多看他一眼,就跟赚到钱一样欢喜。

李钟灵是打心底喜欢这小男孩的脸。自那天起,只要看见他,她就立刻巴巴地跑过去,给他讲冷笑话。

她决定用冷笑话来刺激程嘉西,因为她每次讲冷笑话,再跩的姜北言都能无语地翻白眼,再稳重的萧南都会被她逗笑,祁东就更不用说了,鼻涕泡都能笑出来。

然而,这个办法对程嘉西竟然毫无作用。

与其说他是个冰块,不如说他是个石头,既不会开心,也不会生气。

向来鬼点子多的李钟灵都束手无措了——这位祖宗真是软硬不吃啊!

李钟灵第一次萌生打退堂鼓的念头,是在她又一次看见程嘉西,朝他跑过去的时候,由于跑得太急,她左脚绊倒右脚,狠狠地摔了个狗吃屎,手掌都磨破了。

她以为程嘉西至少会过来扶她一下,却没想到对方只是看了她一眼,就直接转身走了。

李钟灵真是又气又委屈,他哪里是石头?分明是铁石心肠!

就在她从地上爬起来,一瘸一拐地往妈妈的店里走,心里发誓再也不搭理那小子的时候,那个铁石心肠的小子竟然从外面走进来,手里还拿着碘酒和棉签。

原来他是去买药了!

李钟灵立刻毫无原则地毁掉了自己刚发的誓,把退堂鼓给"扔"了,朝他招手:"我在这里,我在这里!"

程嘉西拿着药走过来,也不吭声,拧开碘酒瓶盖,棉签蘸上碘液,给她处理伤口。

李钟灵疼得跟蛇吐芯子似的咝咝倒吸冷气,男孩把手上的动作放得更轻,低下脑袋,轻轻给她吹气。

李钟灵那时年纪还小,脑子里还没有"温柔"这个概念,只觉得他垂下来的眼睫毛真长,微微嘟起来的嘴巴真好看。

可惜的是,那张漂亮嘴巴不会讲话。

从头到尾,程嘉西都没跟她说过一句话,给她处理完伤口就直接走了,李钟灵跟他说"谢谢",他也没有回,陈美玉女士留他吃饭,他也没应。

但这对李钟灵来说,足够了。

她是晒一分钟太阳就能发两小时电的人,立即就从发誓再也不和程嘉西说话,变成发誓一定要让程嘉西跟她说话。

皇天不负有心人,李钟灵烦了程嘉西快一个月,终于成功了一半,听到他讲了第一句话。

不过这第一句话并不是对她说的,而是对那些吃饱了没事做,背后讲人闲话的大人说的。

"我妈妈没有不要我。"他反驳那些人,话语坚定,却苍白无力。

那样的程嘉西让李钟灵想起了小时候的自己,也是那样反驳别人:"我不是克星。"

继承了陈美玉女士的泼辣的李钟灵想也没想就冲了出去,跑到那些说闲话的大人跟前,像个小炮仗一样,破口大骂:"你们妈妈没教你们少背后说人坏话吗?再说人坏话,以后死了要被恶鬼剪舌头!"

大人们忌讳谈论生死,不停地呸呸呸,说她没教养。

李钟灵才不管这些,把从陈美玉女士那里听来的各种咒骂话一股脑全说了个遍,把自己说得口干舌燥,也把小跟班祁东说得泪眼汪汪。

"大姐大,你说这么多坏话,死了会不会被恶鬼剪舌头啊?"祁东抹着眼泪,发自内心地担心她。

李钟灵没想到反弹来得这么快,给了他一个爆栗:"呸呸呸,我这是行侠仗义!"

骂祁东的时候,她听见一声很轻的笑。

她望过去,程嘉西笑得眉眼弯弯,唇角上勾的角度恰到好处。

好像寒冷晦暗的冬天,看见花开的瞬间,万物都变得柔软起来。

从那之后,李钟灵身后又多了个小尾巴。

和吵吵闹闹的祁东不一样,程嘉西只是安静地跟着她。

安静到,你往前走一百步,可能在第十步的时候,就会忘记他的存在；在第九十九步的时候，你不经意想起这个人，于是回头，又惊讶他怎么还在。

昔日瘦弱苍白的小男孩，长成如今的少年，却还是像小时候一样安静，像空气一样，没什么存在感。

老实说，陈女士如果和程叔叔结婚，李钟灵确实有点接受不了——发小变继弟，搁谁能不别扭？

但是她这种别扭忍忍就过去了，反正上了大学后大家各奔东西，一年也见不了几面。最重要的是她妈妈喜欢，她妈妈能过得好。

她不能只想着自己。

程叔叔对她很好，把她当女儿宠。

程嘉西也很好，当弟弟……就当弟弟吧。

所以现在，李钟灵主动提出来了。

"你和程叔叔在一起，我没有意见，"她嬉皮笑脸地开陈女士的玩笑，"多一个弟弟，我还占便宜。对了，过年的压岁钱，我还是得收两份啊。"

程叔叔每年都会给她压岁钱。

陈美玉笑着骂了她一句："你掉钱眼里了吧？"

"这不是得您的真传嘛。"李钟灵笑嘻嘻，没个正经。

视线再投向堂前那两人。

姜北言就算当服务生，也一副跩上天的少爷脸，偏偏小女生还就吃那套，望向他的眼神都冒着爱心。

李钟灵见状直翻白眼。

程嘉西就有点惨了，看着就是一副好欺负的模样，跟落入狼群的小羊崽似的，手机都怼在他面前拍了，他也只是低着头避开镜头，一声不吭。

一个社恐，想不开来这凑热闹做什么。

李钟灵摇摇头，往围裙上擦干净手，朝那边走过去，抓着他的手腕，把他从狼堆里拽出来："你来后厨帮忙。"说完又想起他才受伤的左手，立刻松开他的手腕："算了，你歇着吧。"

被她拽着走，程嘉西没挣扎，这会儿却温声拒绝："不用，我想帮忙。"

"也不缺你一个。"

李钟灵刚说完，就听见门口传来祁东的大嗓门："大姐大！"

这坏小子总算来了，李钟灵回头应了一声，跑了。

程嘉西看她推着祁东离开店内，背影消失在门口拐角。他垂下眼，视线落在左手食指的创可贴上，薄唇渐渐抿紧。

李钟灵把祁东拽到店外，语气凶狠："五分钟，给我解释清楚，你昨晚的动机。"

祁东双手合十，一边求饶一边道歉："对不起，大姐大，我真不是故意要灌醉你的。"

李钟灵之所以会醉得那么快，是因为祁东给了她几杯度数挺高的鸡尾酒。

祁东并不是故意要灌醉她，而是他自己觉得喝气泡酒没啥味，就问程嘉西有没有更好喝的。

没想到程嘉西这小子深藏不露，竟然会调酒，调出来的鸡尾酒还怪好喝的。

祁东当然是有好东西就第一个想到分享给李钟灵，于是让程嘉西多调了几杯，给李钟灵送了过去。但他没想到，李钟灵的酒量竟然这么浅，才喝了几杯后就开始发酒疯。

听他讲完，李钟灵觉得信息量太大了，脑子一时间有些转不过来："程嘉西会调酒？"

没记错的话，这小子昨天才过的十八岁生日吧？他从哪儿学的？

"等等，"李钟灵慢半拍地抓住第二个信息点，"我发酒疯？我发什么酒疯了？我不是喝完就睡了吗？"

祁东也是一副惊讶模样："你不知道？"

"再等等，"李钟灵想到一个更重要的事，"我喝醉酒这事，我妈还不知道吧？你们没跟她说吧？"

祁东连忙摆手："没有没有，哪敢啊？程嘉西给阿姨打了个电话，说你只是在他家玩游戏玩睡着了。"

李钟灵暂且松了一口气，难怪陈女士一点都不知情的样子。也多亏她家和程家来往密切，她和程嘉西去对方家里蹭吃蹭喝也不是一两天的事。

"行了，你继续说，昨晚到底发生了什么事？"李钟灵顿了一下，补充道，"我估计是断片了，只记得自己躺沙发睡觉这事。"

祁东老实交代："你睡着之后，姜北言原本要背你回家，你不肯，被他叫醒后，就开始耍酒疯，骂他，"又压低声音说，"你还使劲扯他头发。"

李钟灵竖起大拇指:"不愧是我。"

姜北言今天竟然没"杀"了她。

Lucky!

平时被她踩一脚都骂骂咧咧追着揍她的人,突然对她这么宽容,那昨晚那个偷亲她的人,不会是他吧?

祁东又说:"闹完姜北言之后,你又开始闹程嘉西。"

李钟灵倒吸了一口凉气,跟坐过山车似的,心脏都要停了:"我也扯他头发了?"

她对程嘉西的恨意没这么大吧?

祁东表情复杂地看了她一眼,摇头。

当时,他和萧南好不容易把姜北言的头发从李钟灵的手里解救出来,李钟灵又突然换了个攻击目标,径直扑向一直安静待在旁边的程嘉西。

看着她扑过去,程嘉西也没躲,可能是怕她摔了,反而张开手臂接住了她。

醉鬼和色鬼大概属性相通,李钟灵直接开启流氓模式,趴在程嘉西怀里,摸摸他头发,又掐掐他脸蛋,嘴里还傻乐着嘟囔:"我们嘉西真好看啊,真好看,怎么长的,怎么这么好看呢……"

她都醉得口齿不清了,还一个劲夸人家好看,你也分不清她是好色痴汉,还是母爱泛滥。

程嘉西被她调戏得耳朵红得快滴血了,却始终没吭声,也没有推开她——他一向温和好欺负。

祁东看得牙齿发酸，姜北言的脸色快黑成锅盖。

萧南倒还有心情开玩笑，蹲在他们旁边，问这个醉鬼："我不好看吗？"

醉鬼果然点头："也好看。"

姜北言的脸更黑了。

祁东也想过去凑热闹，但李钟灵自己从程嘉西怀里爬起来，摇摇晃晃地举起手，竖起食指比了个"一"，拖着烂醉的腔调，大声说："当当当当！知心姐姐时间到——"

在听到自己冲过去调戏程嘉西时，李钟灵就已经倒吸了好几口凉气。此时此刻，她已经捂住了心口，颤着声音问："知心姐姐时间……是什么东西？"

祁东的话让她绝望："你躲进一楼的浴室，把我们挨个喊进去，谈话。"

李钟灵："……"

浴室……这又是什么该死的事情啊！

李钟灵嘴角直抽，自暴自弃地扶着额头，问："我都谈了些什么？"

祁东挠挠头，说："你不让我们偷听，所以我只知道我自己的这部分。"

"说……等等！"李钟灵先给自己顺了口气，准备充分，这才点头，"好了，你可以说了。"

祁东看着她，摸摸鼻子，说："你说你喜欢我。"

李钟灵与他对视了两秒后，面无表情地抬腿，踹了他一脚，声音愤愤的:"皮痒了是吗?"

祁东捂着被踢的小腿,震惊道:"你怎么知道我在撒谎?"

"我要是看不出你在撒谎,这些年白当你'大姐大'。"

废话,她怎么可能说出这种肉麻话?

当然,调戏程嘉西是个意外。那不是肉麻,纯粹是犯了色戒,谁让她是"颜控"。

万幸没调戏到姜北言身上,要不然她早就"身首异处"了。也不对,调戏程嘉西压根不是什么值得庆幸的事——那更糟糕,这种罪恶感是李钟灵半夜醒来都要扇自己几巴掌的程度。

总之,耍酒疯这事完完全全只有糟糕,糟糕透了!

见骗不到她,祁东的肩膀一塌,终于坦诚相告:"好吧,你没说这句,说得太多了,我没记住多少,什么高考没考好也不要紧啊,考什么大学啊,找工作啊,反正就是些无关紧要的唠叨,跟我老爸一样。"

他爸就很啰唆。

李钟灵终于松了一口气,还有心情开玩笑:"我不介意你喊我爸爸。"

祁东笑了起来,哪怕是开这种一定会被怼的玩笑,他也从来不会怼她。

姜北言的声音从饭馆门口传进来,十分不爽:"我和程嘉西在这忙前忙后,你在外面聊天聊得挺好?"

"就来就来!"李钟灵也感觉出来得太久,招呼着祁东也进去帮忙,反正白工不要白不要。李钟灵转身正欲回去,却被祁东叫住。

"钟灵。"

她很少听到他喊自己名字，李钟灵恍惚了一下。

她回头。

少年站在六月的阳光下，笑着注视着她，分明是笑着，却莫名觉得他很悲伤。

"我们一直是好朋友，对吧？"他问。

李钟灵愣了愣，自然而然地接话："你真想当我儿子？"

祁东哈哈大笑："不愧是你啊，大姐大。"

李钟灵翻了个白眼："进去干活了，突然发什么癫？"

"是是是。"

祁东咧着嘴跟在她的身后，往店里走。

昨天晚上，有个醉鬼，第一个把他喊过去，真的在给他当知心姐姐，开导他。

她知道他高考没考好。考试第一天的时候，他就已经垂头丧气了，只是一直埋在心里没说。

他之所以想喝更烈的酒，也有这个原因。

李钟灵口齿不清地安慰他，不管是复读，还是去很远的地方读大学，她都支持他。

因为他们是好朋友。

因为是好朋友。

这样的安慰，从她口中说出，却更让他难过。

"钟灵，我不想只和你当好朋友。"

"为什么不想跟我当好朋友?"头脑不清醒的醉鬼,完全抓不住他话里的重点,扯着他的衣领不满地嚷嚷道,"我们要当一辈子的好朋友啊,发过誓的!"

祁东沉默地望着她,第一次,他没有立刻就答应她。

他有一个喜欢的人,所以他知道当一个人看着自己心上人的时候,是什么样的眼神。

看上去没心没肺的李钟灵偶尔会对那个人露出那样的眼神。

他知道。

所以,他们只能当好朋友。

不管年纪多大,个头多大,祁东永远是那个不会拒绝李钟灵的小豆丁。

沉默良久,祁东轻轻点头:"嗯,我们要当一辈子的好朋友。"

高考过去三天,李钟灵就去找了个便利店收银的兼职。

陈美玉还说她,自家的饭馆子不帮忙,跑去给别人打工。

李钟灵振振有词:"自家的饭馆子老板抠啊,不给发工资。"

陈美玉笑着骂了她几句,还是随她去了。

李钟灵打工的这家便利店是连锁店,做个兼职倒也不太累。她主要是想让自己忙起来,就没空去想那些有的没的了。

耍酒疯这事,实在太疯狂了。喝醉酒的她是被什么话痨鬼附身了吗?竟然挨个去找人谈话,地点还在浴室?这太离谱了。

李钟灵打算让这件事就这么过去,至于那天晚上对其他三个人说了什么,她也不管了;姜北言亲她这事,她也不想纠结了。

让一切都随风消散吧!

最好是这样。

可偏偏有人自己找上门来。

李钟灵看着站在收银台旁边的萧南，眼皮子和嘴角一块往下耷拉着："菩萨，您来给我们店当'看板郎'，拉营业额的？"

这人站这半天了，已经有好几个女顾客频频把视线投了过来。

萧南笑盈盈地说："拉客应该让北言和嘉西来吧，我把他们叫来？"

李钟灵翻了个白眼，却听他说："我以为你会先来找我。"

她疑惑地皱起眉："为什么？"

萧南靠在收银台边，手撑着身体，笑得神秘兮兮："你就不好奇那天晚上发生了什么吗？"

旧事重提，李钟灵的面部肌肉有些僵硬。

她不动声色地挺直腰杆子，给自己壮气势，佯装镇定："断片是骗你的，我自己知道，不就是耍了点酒疯吗？谁喝醉不耍酒疯啊。"

像是听到什么好笑的事，萧南低声笑着，一双桃花眼都笑成了弯弯的月牙。

终于笑够后，他扶着台面站直身体："既然你不好奇，那我就……"

"等一下！"李钟灵忽然打断他的话。

她抓住他在自己眼前晃动的左手，紧紧地盯着他手腕上的那根黑色头绳。

这是……她的头绳？

黑色的头绳上有个小星星扣，几块钱一盒的那种。

她有丢三落四的毛病，所以总是弄丢头绳，一次性买了几大盒，一直用的都是这款，所以再熟悉不过。

萧南为什么会戴着她的头绳，这暂时不重要。

重要的是，那天晚上，捂着她眼睛的那个人，手腕上也戴着这根黑色头绳。

李钟灵对萧南有过好感。

萧南从小就是"别人家的孩子"，陈美玉女士每次教训李钟灵时，说的最多的，就是"看看人家萧南"。

虽说这话很拉仇恨，但李钟灵确实挺佩服他——发着烧都能考年级第一的人，谁能不佩服？

少年人慕强，学习好的同学，哪怕长相平平，也有一堆人喜欢，更何况是萧南这种长相斯文白净的，最关键的是，他性格也好。

姜北言的成绩也不错，但他更适合当个"哑巴"帅哥。

李钟灵几乎从来不找姜北言请教题目，因为没说几句就会被他敲头训斥，说她粗心，说她笨。

萧南就从来没骂过她是笨蛋，他总是温温柔柔地指出她的错误，耐心地教她。她有什么苦恼，他也总会耐心地听她倾诉，给出好建议。

刚上初中那会儿，李钟灵很迷《流星花园》里的花泽类，所以她对萧南有好感，并不是什么离奇的事。

偷偷说一句，流行写信那段时间，她也给萧南写过信，但没送出去。

李钟灵可不像祁东那样只会抄歌词，她作文分数很高，那封信是她绞尽脑汁想出来的，就是那狗爬字实在拿不出手。

练字已然是来不及，于是李钟灵想了个好办法——花钱找人代写。

这种隐秘的事找熟人来做，她不放心，怕说出去被笑话。可如果找不熟的人来做，又很羞耻。

李钟灵思来想去，把目标锁定在了一个人身上——程嘉西。

嘉西是块砖，哪里需要往哪搬。

他们这群人经常会找程嘉西帮忙，比如姜北言在外面打了架，回家会说："我是为了保护程嘉西那小子，他被人欺负了。"

比如，祁东偷摸着去打游戏，被他爸妈"查岗"，就会说："我是去程嘉西家写作业了，他说他一个人在家怪寂寞，让我陪陪他。"

再比如，李钟灵在饭前吃了一堆零食，饭点时吃不下饭，被陈美玉女士骂，就会指着被留在她家吃饭的程嘉西，说："是小西要吃的，他吃不完，让我帮他吃！"

也就只有萧南比较靠谱，从来没把程嘉西当成自己干坏事的借口——不过主要原因其实是，聪明人干坏事，不容易被抓到把柄。

眷写信这种活儿，李钟灵自然而然地想到了程嘉西。

程嘉西绝对不会嘲笑她，也绝不会说出去。

这么多年，李钟灵最相信的就是程嘉西的人品，甚至比萧南下次会考年级第一还笃定。

那天放学后，李钟灵又把程嘉西拽到她家里吃饭。

趁着陈女士在厨房里忙的时候，她偷偷摸摸把程嘉西喊到一边，拜托他这件事。

李钟灵双手合十，眼巴巴地请求道："求求你帮我这一次，酬劳丰富，绝不会亏待你。"

少年安静地盯着她看了半天，抿着唇，点了点头。

周末的时候，程嘉西把誊写好的信交给她。

李钟灵立刻拆开看了一眼：不愧是程嘉西，字果然漂亮！他还很听话地听了她的嘱咐，把字迹稍微变化，让萧南看不出端倪。

"真够义气！"李钟灵冲着他竖了一个大拇指，又从兜里掏钱给他。

程嘉西推开她的手："不用给钱。"

李钟灵坚持道："不行，不能让你做白工。"

她主要是想让他吃人嘴软，拿人手短，收钱闭嘴。

这是封口费。

程嘉西还是没要，一向性格温顺的少年此刻竟然意外倔强，比姜北言这个看起来脾气不好的人都倔。

偏偏李钟灵也是个倔强的脾气，不拿点什么抵消这个人情，总觉不放心，还过意不去，两个人就这样像两头倔驴一样僵持着。

最后，还是程嘉西想了个折中的办法："别给钱，你陪我去趟书店，可以吗？"

"当然可以啊。"李钟灵毫不犹豫地答应。

于是,李钟灵陪着他去书店买书。

在书店待了快一个小时,程嘉西还没找到他要买的书。

李钟灵问:"要不要问问店员?"

程嘉西往店门口的方向看了眼,摇头。

李钟灵知道他不太愿意和陌生人交谈,于是提议道:"要不然你把你要找的书的特征跟我说说,我去帮你问?"

"说不上来。"程嘉西还是摇头,大概对那本书的记忆是真的有些模糊。

"没事。"见他垂头丧气的,李钟灵心生怜爱,踮起脚拍拍他的脑袋,安慰他,"反正也没啥事,你慢慢找,我陪着你找。"

在她伸手时,程嘉西配合地低头,弯了弯唇:"好。"

两人又找了大概十来分钟,李钟灵都有点打瞌睡了,程嘉西终于拿了一本书走过来:"找到了。"

李钟灵伸了个懒腰,又打了个呵欠:"终于!"

李钟灵走去那边结账,却瞥见另一边两道熟悉的身影,她的视线一顿——竟然是萧南和他们班的班花。

两个人在书架旁边有说有笑,郎才女貌,般配极了。

李钟灵和萧南、班花都在一个班,之前没怎么看到这两人来往,没想到他们关系这么好,还会在周末约着一起来书店。

李钟灵看着那边的两个人。

他们脸上的笑容越灿烂,她的目光就越黯淡。

衣角传来一点轻微的拉力,被人轻轻拽了拽。

043

李钟灵转头,对上少年担忧的目光,她勉强挤出一个笑:"我没事。"

李钟灵低下头,笑容很快又消失了,轻声请求道:"等他们走了,我们再出去,好不好?"

萧南他们在收银台附近,这时候走出去,一定会被他们看见。

程嘉西点头,也没多问。

萧南没有发现他们,和班花买完书就走了。

李钟灵反而更失落——明明也没有躲得很隐蔽,怎么就看不见她呢?

她和程嘉西从书店出来,始终低着头,正准备回家,手腕却被人抓住。

"吃棒棒糖吗?"少年温柔地问。

李钟灵吸吸鼻子:"吃!"

初秋的下午,两人各自含着一根棒棒糖,蹲在路边的梧桐树下看蚂蚁搬家。

风把树叶吹得簌簌作响,路人的说话声由远及近,又渐行渐远,马路上偶有汽车飞驰而过,带动地上的落叶滚动两圈又停下。

谁都没有说话。

棒棒糖把李钟灵一侧的脸颊顶得发酸,她用舌尖把它推到另一边继续含着,下巴搭在膝盖上,眼睛盯着蚂蚁,闷闷地开口:"你会不会觉得我很好笑?明明还什么都没做呢,信还没送出去就失恋了。"

她的眼眶红红的,完全见不到平时那大大咧咧的模样,脆弱又难过,看着就惹人心疼。

她盯着蚂蚁,程嘉西看着她。

半晌,他开口:"没有失恋。"

李钟灵瘪嘴说:"和失恋也差不多了。"

他却坚持道:"差很多。"

李钟灵看了他一眼,不懂他为什么这么执着,但也懒得跟他争,她现在没心情争这种无关紧要的问题。

"你说什么就是什么吧。"她轻易妥协,抱着膝盖,自言自语般小声嘟囔,"班花不是喜欢姜北言吗,怎么现在又喜欢上萧南了啊?变心也太快了吧。"

她承认,她这是嫉妒。别人喜欢上谁,再重新喜欢上谁,是别人的自由。她知道,自己就是嫉妒。

"如果我把皮肤养白,把头发留长,把自己打扮漂亮点,说话小声点,温柔点,是不是就会有人也喜欢我了?"

她开始自怨自艾。

程嘉西没搭腔,只是静静地听她嘀咕。

李钟灵也不需要他搭腔附和,她就只是想说,想发泄。

突然,她左边耳朵被塞入一只耳机,和塑料制品冰凉的触感一块传来的,是女歌手轻快的歌声。

你很搞笑

你很奇怪

你头发很乱

高考后竹马偷亲了我一下

> 有的时候
>
> 你又突然为我的事情变得很勇敢……

李钟灵扭过头,看向身旁少年。

程嘉西也正在看着她。

少年的眼睛像一汪永远不会经历风浪的湖泊,温和而宁静。

"你很漂亮。"他的声音很轻,却一字一顿,格外郑重。

变声期后的声音比幼年时多了几分磁性,但仍旧清澈,是少年时期独有的干净。

他的眼睛像湖泊,倒映着她错愕的神情。

李钟灵眨了眨眼,随后笑了。

她抬手,摸摸他的脑袋,像在摸小狗一样,揉乱他柔软蓬松的头发:"你还怪会安慰人的。"

程嘉西抿唇笑得腼腆,他低着头,脸埋进双臂间,用很小的声音,轻轻反驳道:"不是安慰。"

梧桐树下,阳光斑驳,短发少女爽朗大笑,绯色爬上少年的脸颊。

时间回到现在。

李钟灵抓住前暗恋对象的手,问他:"我的头绳怎么会在你那儿?"

萧南坦然道:"你给我的。"

李钟灵惊愕道:"什么时候?"

"你喝醉的时候。"

萧南看着她,弯唇笑得意味深长:"其实,你一点都没想起来吧?"

李钟灵不由得冒冷汗,但还是佯装镇定:"不,我想起来了。"

萧南的笑容里多了几分无奈:"你这嘴硬的毛病真是从小没变。"顿了顿,他又说,"想知道那晚发生了什么吗?我都知道,也可以全部告诉你,但有个条件。"

李钟灵警惕地看着他:"什么条件?"

门口响起"欢迎光临"的机械提示音,有人推门进来。

萧南看了一眼来人,朝他笑了笑,转过头,旁若无人地继续说:"和我约会。"

CHAPTER 03
好像发现了秘密

这是我第二次见你哭

一个很大的漏洞

出生那天就打了招呼的青梅竹马

雪花飘飘，街道萧条，她捡垃圾养姜北言

潮热夏夜，空气黏腻，蚊子是猎手，李钟灵是血液甜美的猎物。

才在外面待了半小时，她就已经拍死了不下八只母蚊子。

姜北言双臂环胸，顶着一副不爽的表情："为什么我要来和你玩这个？"

此刻他们正坐在小区里的跷跷板上。这是给小孩玩的跷跷板，设计得不高，他一米八几的大高个，屈着长腿坐在上面，别提有多别扭，偏偏还得配合李钟灵一上一下。

李钟灵咬着冰棍，含糊不清地说："我又没求着你玩。"

姜北言起身就要走。

李钟灵立刻挽留："求你，再陪我一会儿。"

她现在不太想回家，脑子乱得厉害。

姜北言又满脸不爽地坐回来。

求着他坐回来后，她却又不说话，咬着冰棍发呆。

姜北言盯着她看了半天，到底先开口："你真要去？"

"去什么？"

"和萧南约会。"这句话艰难地从姜北言的牙缝里挤了出来，他的脸色差极了。

他在便利店门口听到萧南这句话的时候,差点骂脏话:怎么又被他抢先一步?

"去啊!"李钟灵应得理所当然,"为什么不去?"

又不是真约会,只是去看个电影,他们几个人出去玩的次数难道还少吗?

姜北言目光沉沉地看着她,薄唇紧抿,欲言又止,他憋了半天,还没斟酌好措辞。

李钟灵却先开口问:"你急着回家拉屎?"

姜北言立刻黑了脸:"你讲话能不能文明点?"

李钟灵心想也对,校园文男主角需要气质,怎么能谈拉屎?

李钟灵"哦"了声,换个说法:"你急着回家'嗯嗯嗯'?"

姜北言面无表情地站起来,头也不回地走了。

李钟灵"啧啧"摇头:"怎么这么不经逗呢?"

她刚感慨完,就听到一阵急促的脚步声,还没反应过来,对方带来的风就先扑上了脸颊,还有他微促的呼吸声。

她叼着冰棍抬头。

去而复返的男生站在她的身侧,居高临下地看着她,他的眼神比平时更跩,语气也更凶:"你是不是还喜欢萧南?"

李钟灵被口水呛得咳嗽了两声:"你、你、你说啥啊?我、我什么时候喜欢过他?"

她的视线乱飘,慌乱不安。

姜北言也不再藏着掖着了,当面戳穿:"你给他写过信。"

李钟灵咳嗽得更厉害了,脸都咳红了:"你、你……你怎么知道?"

关于李钟灵给萧南写过信这事,姜北言也是无意中得知的。

上初三时,有个周五,他去程嘉西家打游戏——程嘉西经常一个人在家,所以会时不时邀请他们去他家玩。

那天姜北言的游戏手柄坏了,他去程嘉西的房间找新手柄的时候,在程嘉西桌上看到了那封信。

那狗爬字,化成灰,他都认识。

起初以为是写给程嘉西的,拿起来一看,第一句就是"致萧南"。

虽然是狗爬字,但看得出来是很认真写出来的,内容也尤其正经。

姜北言越看脸越黑,都没发现程嘉西出现在了门口。

直到对方走过来,将那封信从他手里抽走。

姜北言的第一反应是质问:"她给萧南的信,怎么在你这里?"

程嘉西面不改色:"她不喜欢自己的字,让我帮她重新抄一份。"

这确实是李钟灵会做的事,但不是程嘉西会干的事。

"你也乐意帮她抄?"姜北言讽刺道。

他知道,李钟灵对程嘉西来说很特别——他亲口说的。

程嘉西情绪没多大起伏,像说一件很平常的事:"她说她给我钱。"

姜北言简直要被气笑了:"你缺这点钱?"

这什么破理由。

程嘉西垂着眼，没吭声。

姜北言没来由地更生气——不，是大有原因的生气。

凭什么她给萧南送信，不给自己送信？明明他和李钟灵认识的时间最长。

可能是气坏了脑子，他竟然问程嘉西："你甘心吗？"

程嘉西抬起头，看着他，黑眸沉沉，瞧不出喜怒："如果她开心。"

"真是伟大。"姜北言讽刺地骂了句，甩手走了。

但他心里却觉得程嘉西说得没错，生气没用，不甘心没用。

萧南对李钟灵来说，已经不是朋友那么简单了。

什么都晚了。

他现在做什么都于事无补。

姜北言垂头丧气了很久，想放弃李钟灵，却怎么也做不到。

他压抑着自己，终于在高考完那晚，在酒精的驱使下去做了那件事。

可是李钟灵却说她喝断片了，什么都不记得了。

面对姜北言突然的质问，李钟灵猝不及防；对于他的生气，她也莫名其妙。

那个傍晚之后，姜北言就没再跟她说过话。

两人开始了奇怪的冷战，她都不知道自己怎么惹他不开心了。

李钟灵又很憋屈，任谁被不明情况地冷落都会憋屈吧？

更何况这个人还是姜北言，他们可是在出生那天就跟对方打了招呼的青梅竹马欤。

　　李钟灵最受不了姜北言这总爱生闷气的臭脾气。记得有一次，他也是跟她生气，还是在喜气洋洋的正月里头。

　　那是初二那年的寒假，过年的时候，街坊邻居互相串门拜年，记不清具体是初几，李钟灵带着祁东和姜北言去刚搬来的程嘉西家拜年。

　　这个年纪正是攀比心强的时候，尤其是从小被大人们比到大的李钟灵和姜北言。不记得是谁提了一嘴压岁钱的事，两人就攀比起过年谁收的红包多，比谁的红包里装的压岁钱多。

　　李钟灵和姜北言正攀比得起劲，差点就要吵起来的时候，祁东大大咧咧地问坐在旁边一声不吭剥着核桃的程嘉西今年收了多少红包。

　　程嘉西老实回答："一个。"

　　祁东惊讶地问道："就一个？！"

　　程嘉西的声音小，祁东的嗓门大，这一嗓门，直接让正在争吵的李钟灵和姜北言停下来，看向这边。

　　"什么一个？"李钟灵问。

　　祁东震撼地指着程嘉西说："小西说他今年就收了一个红包。"

　　他是个缺心眼的，但其他人不缺心眼。

　　程嘉西是去年才搬来这边的，在溪川市没有亲戚，当然就只有他爸爸给的一个红包。而且听说他爸爸还欠着别人很多钱，能有压岁钱给他都算不错了。

　　李钟灵和姜北言同时闭嘴了，老老实实地坐下来，再也不提

"压岁钱""红包"这几个字，都对程嘉西产生了几分同情和愧疚。

他们刚刚攀比着谁的压岁钱更多的时候，只收到一个红包的程嘉西心里一定很难受，难怪他一直不讲话，只是坐在那儿剥核桃，而且只剥不吃，核桃仁都快堆成了小山。

李钟灵看着他面前剥好的核桃，使劲咽口水。

而正被他们同情的程嘉西却不慌不忙地把最后一颗核桃剥完，放下开核桃器，把那盘核桃仁端到咽口水的李钟灵面前，撑着茶几从地上站起来，丢下一句"等我一会儿"，然后就去了自己的卧室。

过了一会儿，他从卧室里出来，手里拿着一个红包。

众所周知，在溪川市，压岁钱的红包最多不超过三张红的，亲戚们是象征性地给一点，父母和爷爷奶奶给得最多，但那几张钱放进红包里，是几乎可以忽略的厚度。

但程嘉西手里的那个红包肉眼可见的厚，比李钟灵今年收的所有红包加起来还厚。

程嘉西坐回来，从那个鼓鼓的红包里拿出一沓钱。

李钟灵的眼睛都看直了，使劲咽下羡慕的口水和塞了一嘴的核桃："我这辈子第一次见这么多钱。"

姜北言嫌弃地说："那是你没见过世面。"

祁东同样两眼发直，擦着口水问："小西，这是你爸爸给你的压岁钱？"

程嘉西点了下头，低着脑袋数着手里的钱，分成并不均等的两份，多的给李钟灵，少的给姜北言。

李钟灵不敢置信地指了指自己："给、给、给……给我的？！"

程嘉西点点头。

姜北言皱着眉问："这是什么意思？"

程嘉西说："这样你们俩的压岁钱就一样多了，就不用再吵架了。"

话音刚落，祁东就扑过来哀号："我现在吵架还来得及吗？！"

"呜呜，小西，你怎么能这么好？"李钟灵边感动，手指边偷偷靠近那笔分给自己的钱。

偷摸着靠过去收钱的手被姜北言狠狠地拍了下，她怒瞪过去："你打我干吗？"

姜北言瞪了她一眼："这钱你好意思收？"

他把那两份钱收起来，还给程嘉西："这是你爸给你的，我们不能收。"

程嘉西似乎不理解："为什么？"

姜北言一阵无奈，但还是耐心地跟他解释："压岁钱是作为长辈才给的，你不用给我们钱。"顿了一下，又补充道，"我和李钟灵吵架不是因为钱多钱少。"说完又额外叮嘱道，"你以后也别随便给别人钱。"

程嘉西还是不太理解："你们不是别人。"

被姜北言把良心打回来的李钟灵终于也看不下去了，伸手搭上程嘉西的肩膀，跟他解释："这么说吧，小西，有句话叫'亲兄弟，明算账'，就算是朋友，如果在金钱上没什么边界感，以后久了，会生出嫌隙，渐行渐远，知道吗？"

程嘉西似懂非懂地点点头，看了她一眼，欲言又止，但还是听话地把那笔钱收回了红包里。

"乖。"李钟灵像揉小狗一样揉了把他的脑袋，又笑眯眯地说，"不过除了钱，其他东西，比如零食和寒假作业，你可以随便给我们。"

说完，她又被姜北言拿薯片拍了一下脑袋，姜北言把她正在蹂躏程嘉西的"咸猪手"给拎开，黑着脸道："少给我夹带私货。"

"你天天打我头，都要被你打笨了！"

"那是你本来就笨。"

"你才笨！"

两个人又开始争吵，从谁脑子更笨吵到谁更懒，仿佛这辈子的争吵话题永远都不会用完。

祁东习以为常，程嘉西继续剥干果，核桃剥完了，开始剥夏威夷果。

临走时，李钟灵被程嘉西叫住，说是有事情要跟她单独说，她还以为他有什么事，却见他又拿出了那个红包。

李钟灵连忙竖起手掌并转过脸去："别诱惑我，别诱惑我。"

程嘉西没像刚才那样直接拿出一沓，而是抽了两张出来，递给她说："你不是正好还缺两百吗？"

李钟灵一愣。

程嘉西以为她忘记了，提醒道："按摩仪。"

李钟灵没忘，她年前就开始打算了，想给最近老扶着腰的陈美玉女士买个缓解腰痛的按摩仪，到现在都还没买。

好一点的按摩仪要上千块,便宜的她又担心没什么用,李钟灵不太想凑合,可她最大的问题是钱不够。

她每年从亲戚那收到的压岁钱份额基本一样,她年前就估算了压岁钱和零花钱的总数,加在一起还是差两百。

现在,差的这两百块近在眼前,就在程嘉西伸过来的手里。

李钟灵既想要,又不想要。才说完朋友关系不能被金钱腐蚀,怎么能随便接受他的钱?可按摩仪这种东西就该早买早享受,陈美玉女士最近每天都在捶腰……

她的手伸过去:"就当我借你的,过段时间就还你。"又立刻收回来,"不行不行,正月不能借钱,借钱会变穷鬼,不吉利!"

见她纠结又纠结,程嘉西歪了歪头:"就当是我给你压岁钱。"

"不行!"李钟灵很讲究,"只有长辈才会给小辈压岁钱,你又不是我的长辈。"

程嘉西对答如流:"那你把我当哥哥就好了。"

李钟灵愣了愣,这也未尝不是一个主意。

虽然程嘉西比她小两月,但管它呢,为了两百块钱,她愿意无视这两个月。喊声"哥哥"就能拿到压岁钱,还能避开正月借钱的晦气,这是多值当的买卖啊!

李钟灵眨了眨眼,总算能毫无顾虑地从他手中抽走那两百块钱,眉开眼笑地甩了甩:"哥,这压岁钱我过段时间就给你送回来。"

程嘉西弯了弯眼睛,学着她刚刚揉他脑袋的模样,也摸了摸她的头:"嗯,可以慢慢送回来。"

钱终于攒够了，过完年，在商场恢复营业的当天，李钟灵就拿着这笔钱去买按摩仪，然后就迫不及待地回家要给陈美玉女士用上。

陈美玉女士的反应第一是惊喜，第二是疑问："你哪来这么多钱？"

李钟灵神秘兮兮地说："这是我和我哥一起孝敬您的。"

陈美玉诧异道："你哪来的哥哥？小北给的？"

"怎么可能是他！"李钟灵就差连呸三声。

陈美玉疑惑道："那是谁？你找小南借钱了？"

"不是不是，都不是。"李钟灵当然不会说是程嘉西，不然肯定会被陈美玉女士念叨很久，她连忙用信口胡诌的理由给糊弄了过去，还好陈美玉女士没多追问。

但李钟灵却没想到，这件事竟然还有连锁效应——她和姜北言冷战了半个寒假。

起因是第二天，程嘉西来她家写寒假作业的时候，她亲切地迎上去喊了声"哥"，被姜北言听见了。

姜北言满脸不可置信地问："你喊他什么？"

"哥哥啊，有什么问题吗？"李钟灵此时还没意识到问题的严重性。

"当然有问题，"姜北言指着程嘉西说，"他比你小！"

李钟灵对他的激动感到莫名其妙："所以呢？"

姜北言又指着自己："我比你大，我都没听你喊过我哥。"

李钟灵明白了，他是又开始发癫了，又想着拿他比她早一天出生的事压她。只是大一天而已,有什么了不起?她偏偏要跟他唱反调:"又不是谁大就一定要喊谁哥,你死心吧,我才不会喊你哥。"

"那你也不准喊他哥哥!"

"凭什么?我想喊谁就喊谁!"

"你……"

姜北言被她气得不轻,咬咬牙,脸色铁青地走了。接下来的半个寒假,姜北言都没再来找过她。

他竟然为了一声哥哥,生了她半个寒假的闷气。

李钟灵实在不明白,她以前从没喊过他哥哥,也没见他有什么不满,怎么这一次就这么计较?

她当时想不通,但清楚记得,自己被姜北言甩脸色的不爽。

总之,不管那次,还是这次,姜北言不理她,她也不想搭理姜北言。

和萧南约定的时间转眼就到,李钟灵去赴和他一起看电影的约。

看到她真穿了那件蓝色的T恤,萧南笑得异常灿烂:"真听话。"

李钟灵不客气地翻了个白眼:"说得好像不是被你威胁的一样。"

这人简直莫名其妙,前两天给她寄了个快递,打开后是件蓝色T恤,也没图案,然后又给她发消息说让她约会的时候穿。

李钟灵感觉这人玩过家家玩上瘾了,故意讽刺他:"怎么不干脆给我买裙子啊？"

萧南对答如流："你想要裙子？可以，那我换一件。"

他还真给她发来了几条连衣裙的购买链接，像是要来真的。

李钟灵连忙阻止："我就是随便说说啊，大哥，你又不是不知道，我不喜欢穿裙子，怪麻烦的。"

萧南这才收手。

这会儿，李钟灵看到他身上穿的同款蓝色T恤，忽然明白过来："您老煞费苦心，跟我穿姐妹装呢？"

萧南脸上挂着笑，额角青筋跳动，咬牙切齿地说："都说了是约会，你说一下那个词会死？"

李钟灵连呸三声："什么死不死，多晦气。"

她就不说，又没在谈恋爱。

"电影要开场了，进去吧。"萧南说。

"等等，"李钟灵率先一步拉住他，表情认真地说，"说好了，看完这场电影，你把那晚的事都告诉我。"

萧南淡定地笑道："我会把你最想知道的，告诉你。"

电影是萧南挑的，悬疑推理电影。

李钟灵怀疑萧南是蓄意报复，因为他明明知道她不喜欢看这种费脑子的电影。

她看小说、看电影从来都不愿意思考，尤其是这种推理电影，她就是电影里那些不明情况的吃瓜群众，思维完全被带着走。

当凶手最后被揭露，是那个一直藏在主角身边的正直好人时，李钟灵震惊得无以复加。

出了电影院,她都还在感慨:"竟然是他,怎么会是他?我的天哪!"

萧南一点都不惊讶:"很明显,他有作案动机。"

"有作案动机的人那么多,哪里明显了?"

"但他是恨得最深的那个。"

比起那些生活里鸡毛蒜皮的琐事摩擦,凶手被受害者害死全家,确实是恨意最深。

李钟灵感慨道:"但他全程可一点都没表现出来,一开始还去帮受害者家人的忙,还因为帮忙让自己受了伤。"

"障眼法和苦肉计而已,越是深沉的恨,隐藏得越深。"萧南顿了顿,意有所指道,"爱意也一样。"

李钟灵受教地点头:"懂了,你对我的爱意还不够。"

她伸出食指和拇指,比了个很短的距离:"也就这么点吧。"

萧南笑得肩膀直抖,嘴上却说:"我要难过了啊,好歹我也是认真考虑过我们的未来的。"

李钟灵还记得当年的恩怨,对答如流道:"然后和我大吵一架,还骂我。"

那是萧南第一次,也是唯一一次对她说重话。

刚上高二的时候,萧南不知道受了什么刺激,一直督促她学习,仿佛化身"鸡娃"的父母,逼着李钟灵悬梁刺股。

李钟灵其实不笨,但没什么上进心,也没想过干什么大事业,或者赚大钱,只想着考个本地的大学,以后再找份普通的工作,继续和陈美玉女士相依为命。

她的成绩够上本地的好大学了。

萧南却不甘心让她只考本地大学,甚至都不是要她去更繁华的城市读大学,而是想让她直接出国。

听到他这个想法时,李钟灵只觉得诧异:"你疯了?我一个又穷又菜的'饭桶',出国干什么?"

她对自己的定位很到位。

萧南却认真地给她分析,只要她高中再努力一点,申请国外的学校不是问题,他也会全力帮助她,一定能申请到全额奖学金。

虽然他说得头头是道,李钟灵还是觉得这人疯了。

别说出国,连离开溪川市,她都没想过。

她就是不上进,不想考更好更远的学校,她就要待在陈美玉的身边,摊牌了,她是"妈宝女",离开妈妈就活不下去。

李钟灵和萧南因此发生了严重分歧,最后大吵一架。

一向温和的萧南因此在那日情绪失了控,骂她为什么不肯再努力一点,再上进一点,为什么非要窝在这个小城市,为什么不肯去看看外面的世界?

李钟灵也暴躁地回骂:"我自己的人生,关你屁事啊?"

"因为我想让我们步调一致!我想和你一起出去读书!"

李钟灵蒙了。

萧南也愣了半秒,又自暴自弃地闭眼,索性都交代了:"我家里人想让我出国。"

李钟灵反应迟钝地说:"啊?你要出国啊……"

萧南抹了一把脸:"如果我出国,未来好几年,我们都很难再见面。"

李钟灵还是愣愣地,毫无灵魂地附和:"是的,是的……"

"对不起。"萧南总算冷静了,在未来和李钟灵之间,他选择未来,可是又不甘心。

如果李钟灵也能和他一起出国,这个问题就解决了。

这样的念头一旦产生,就覆水难收,于是发展成现在这个局面。

可是他心里又清楚,这个问题不是这么解决的。

他不能帮李钟灵选择她的未来,李钟灵也不是任人摆布的人。

李钟灵也总算回神,挠挠头:"出国这件事,我真没想过,不好意思啊。"

萧南看着她,直言道:"你更应该回应的不是这句吧?"

李钟灵刚放下去的手又摸回了脑袋上,表情是肉眼可见的局促:"我们还是别想太远了。"

难得见她这么局促的模样,萧南有些想笑,苦中作乐,故意说:"你这样会让我以为,你对我有什么别的想法。"

几乎是立刻,李钟灵脱口而出:"绝对没有!"

说完,她又觉得不好,着急找补:"说这么直接会不会不太好啊,那个,要不我重来?"

萧南笑了,摇摇头:"拒绝就应该直接,你做得很好。"

这是李钟灵和萧南之间的秘密,没有其他人知道。

自从那次吵架,摊开说完后,他们的关系就回到了最初。

时至今日,李钟灵终于能毫无负担地翻起旧账:"说起来,我初中还给你写过信来着,差一点就送出去了。"

萧南还是第一次听说这件事,挑挑眉,问:"为什么不送?"

如果那时候送了,或许就是不一样的结果。

李钟灵说:"因为看到你和咱班班花在书店约会,你们俩笑得可开心了,当时可把我难受坏了。"

那时候觉得好像天都要塌下来一样的难过,如今居然能这么轻易地说出口——笑着说出口,这大概就是时间的力量吧。

但她不再关注萧南的原因,不是因为那天在书店看到他,而是后来她看清,萧南对所有人都温柔——而她,只想成为唯一。

萧南回想了一下,皱着眉说:"我没有和班花约过会。"

李钟灵一愣:"怎么可能?我亲眼看见的,刚上初三的周末,你和她去新华书店买书。"

因为那天太伤心,所以她记得很清楚。

萧南却说:"是有人同时约了她和我,我们俩在店门口遇见的。"

但那天,那个人并没有来,因为很离谱,所以他也记得很清楚。

李钟灵惊了,她一直以为那时的事情是个巧合,却没想到事情这么离奇。

"谁?谁约的?"

萧南看着她,半晌,说了个名字:"姜北言。"

萧南是个骗子。

他压根不知道那晚到底发生了什么,只说了李钟灵当时跟他一对一的谈话内容。

李钟灵宁愿自己不知道这谈话内容。

萧南还有心情笑:"怎么了?在我这咨询恋爱烦恼,是什么丢脸的事吗?"

"行了行了,你别说了!"李钟灵简直羞耻到爆炸。

她真是有病,不对!喝醉酒的她真是有病。

她竟然把埋了那么久的秘密全告诉了萧南,还找萧南出主意,她有病啊!

虽然萧南总是会帮她收拾烂摊子,不论她跟他倾诉什么,都会耐心地听,然后给出解决方案,但是……跟他倾诉暗恋对象,还声泪俱下,还扯下头绳闹着要上吊,这也太羞耻了吧!

李钟灵欲哭无泪,感觉脚趾都要抠出一座城堡。

"不过,"萧南似感慨地说,"这还是我第二次见你哭。"

李钟灵自小就要强,哪怕跟她一起长大,认识这么久,萧南也只见她哭过两次。

第一次哭,是因为姜北言。

那是上小学时候的事了。不记得矛盾的源头是什么,反正李钟灵和姜北言打起了架。

这两人在小学那会儿经常打架,要么是姜北言嘴贱,损李钟灵;要么李钟灵手贱,"北口"抢食。

祁东是帮李钟灵喊加油的那个,萧南通常捧着书在旁边看戏。

那一次打架,打着打着,姜北言突然捂着肚子喊疼。

一开始李钟灵还以为他在演戏，还嘲笑他，多亏靠谱的萧南长了个心眼，放下书过来瞧，发现姜北言是真的疼得冷汗直流。

他立刻跑去打电话叫救护车，祁东则是被吓哭，跑去找大人。

李钟灵这才知道姜北言不是演戏，当时就慌了。

救护车把姜北言送到医院，一诊断，是急性阑尾炎，需要马上做手术。

其实早两天，姜北言就有肚子疼的症状，但一直没在意，打架不算根本原因。

但李钟灵还是愧疚得不行，以为是自己打出来的。她那时年纪小，没见过什么大场面，不知道阑尾切除就是个很小的手术，被吓得一直哭。

只在电视里看到过的救护车突然出现在了自己面前，被送上车的还是她的发小，还是刚被她揍了一顿的发小。

李钟灵的双腿都被吓软了，觉得自己像是刚杀了人——完蛋了，要坐牢了，要被枪毙了！

陈美玉女士赶到医院的时候，第一反应是过来揍她，被姜北言的父母拦住了。

人还没揍到，李钟灵自己先哇哇大哭起来。

在手术室外，她哭得撕心裂肺，痛彻心扉，扯着嗓子喊："姜北言，你可千万不能死啊！"

姜北言的父母默默地放下了拦着陈美玉的手。

陈美玉冲过来赶紧捂住李钟灵的嘴，连呸三声："说什么屁话呢！"

最终因为李钟灵太吵,被陈美玉强行拖回家。她再来医院时,已经是第二天了。

她推开病房门,就看见姜北言披着薄外套坐在病床上,背对着自己,一只袖管空荡荡的。

病房里就他一个,李钟灵担心得脑子都不转了,当然也是书读得太少,还以为他做手术把一条胳膊都切掉了,她一把飞扑到床边,又扯着嗓子哭:"姜北言啊!我对不起你啊!"

不夸张地说,这一刻她已经做好了为姜北言后半辈子负责的准备。

雪花飘飘,街道萧条,她捡垃圾养姜北言。

姜北言被她这一嗓子号得整个人打了个寒战,捧着的手机都摔在了地上。

李钟灵定睛一看,原来他只是披着外套,两只手都在呢。

再捡起手机一看,原来他是在偷偷拿手机打游戏,这会儿刚好game over(游戏结束)。

两个人,四只眼睛,相对无言。

姜北言从她手里抢走手机,小脸绷着,别扭道:"听说你昨天哭了?哭得丑死了。"

李钟灵抹了一把脸,从果篮里拿了一颗苹果,也不管洗没洗,啃一口,一屁股坐他的床上:"你又没看到。"

姜北言晃了晃手机:"我看到了,我妈拍下来了。"

李钟灵对着他命令道:"赶紧删了!"

姜北言会听才怪:"不删。"

"删了!"

"就不删。"

李钟灵把苹果咬在嘴里,作势就要去抢,姜北言立刻捂着肚子哎哟哎哟地叫。

李钟灵连忙收手,眼睛睁得圆溜溜的,苹果都还没从嘴巴里拿出来,口齿不清地问:"呜呜呜哇?(你没事吧?)"

姜北言竟然还能听懂,只见他捂着肚子虚弱道:"在你肚子上割一刀试试?"

李钟灵听着就疼,看在他是病人的份上妥协:"好吧,不删就不删,但你不准给别人看。"

她好不容易让步一次,没想到姜北言竟然得寸进尺。

姜小少爷立刻就摆起谱,脸上的表情从虚弱变成高傲:"我要吃苹果。"

李钟灵小小年纪,已经会熟练地翻白眼了,但她还是从旁边拿了个苹果给他。

姜北言皱着眉嫌弃道:"要洗干净的。"

"要不要再给你削个皮啊,大少爷?"

"不用,让你削皮,我就只能吃到苹果核了。"

姜北言住了几天院,李钟灵就被他使唤了几天,可恨当时还刚好是暑假,她都没办法用上学的理由逃过这一劫。

不过,她也不是完全吃亏——她每天都去蹭姜北言的病号饭。

不夸张地说,医院食堂的包子是真好吃。

姜北言出院后,李钟灵还拉着他绕路去医院买了好几回。

李钟灵和萧南从电影院回来时,已经天黑。

萧南发挥他的绅士风度,把李钟灵送到了家门口。

很不巧的是,姜北言就等在那儿,他双臂环胸,面无表情地看着他们俩。

得知书店这件事后,李钟灵再看到他,心情不可避免地有些复杂。

他为什么要做那样的事?

此刻似乎已经有了答案,但是,但是……

少年放下手臂,朝她走过来:"我有话想……"

"我今天很累了,有事下次再说。"李钟灵绕开他,丢下这句,就推门进了屋,把他留在门外。

姜北言的脸色难看至极,下颌的线条绷得很紧。

还没离去的萧南目睹这幕,还有心情调侃:"让你跟人冷战,现在碰一鼻子灰了吧?"

姜北言一掀眼皮,望向他的眼神里不掩敌意。

萧南下巴一扬,指了指楼下的方向:"聊聊?"

姜北言抿了抿唇,没应声,兀自往楼下走。

另一边,李钟灵垂头丧气地回到家,脑子里一团乱麻。

陈美玉刚好洗完澡,出来喝水,看见她问道:"怎么又搞这么晚回来?又去小西家玩了?"

李钟灵没骨头似的瘫在沙发上:"和萧南出去看了场电影。"

"最近早点回家,晚上注意点。"陈美玉嘱咐,"你张姨说最近晚上不太平,好像有什么尾随小姑娘的变态还没被抓住呢。"

张姨是姜北言的妈妈,陈美玉女士的好姐妹、好牌友。

李钟灵心不在焉地"哦"了声。

陈美玉又问:"对了,刚刚小北来找你了,好像有什么事要说,你记得回个电话给他。"

李钟灵懒懒地"哦"了声,但没动。

陈美玉看了她一眼,问:"你俩吵架了?"

亲妈不愧是亲妈,但李钟灵不想说太多,嘟囔着撒谎:"没吵架。"

确实没吵架,冷战而已。

陈美玉也不回屋睡觉了,坐在她旁边,来了兴致的模样:"因为什么吵的?"

李钟灵"哎呀"了声:"真没吵架。"

李钟灵才说完,就被陈美玉敲了一下脑袋。

陈美玉说:"在我这还装?你妈妈我眼睛可尖着呢。"她嘴角带笑,压低声音,神秘兮兮地说,"小北喜欢你。"

李钟灵并没有很惊讶地"哦"了一声。

陈美玉反倒惊讶了:"你竟然知道?看不出来啊,你眼神这么好?"

李钟灵都没心情抱怨了,无精打采地说:"我也是刚知道。"

陈美玉问:"你什么想法?跟妈妈说说?"

李钟灵闭着嘴唇,没吭声。

陈美玉自顾自地说起来:"小北这孩子也是我看着长大的,知根知底，人也聪明，脾气嘛……随了他妈，确实是差了点。"

李钟灵终于没忍住，小声嘀咕："您还好意思说别人呢？"

陈美玉又敲了一下她的脑袋："说什么呢，说什么呢？"她接着说回姜北言，"虽然脾气差了点，但看得出来他对你不错，而且人也听话，从小就正直，你还记得他小时候抓小偷追了三条街吗？"

大人们总是不自觉提起往事。

那是初中时候的事了，姜北言还上了电视，被颁了奖状，是"见义勇为的好少年"。

可是，谁能想到这样一个正直的人竟然会做出那种事？

故意把萧南和班花约在书店，让她撞见，误会萧南和班花在暧昧，然后对萧南死心。

等等……不对！

李钟灵忽然坐直身体，还把旁边的陈美玉吓了一跳："怎么了？"

李钟灵暂且没搭理她，在脑子里把书店这件事从头到尾回忆了一遍，重新捋。

多亏今天她刚看完一部推理电影，脑子现在还在活跃状态。

姜北言看到她写给萧南的信，于是故意把萧南和班花约在书店，让她撞见，这似乎没什么问题。

但是，她发现了一个很大的漏洞。

姜北言怎么知道她那天就一定会去书店？

那天，邀请她一起去书店的人，分明是——程嘉西。

CHAPTER 04
是他偷亲了我

李钟灵的一天

有些事已经没有勇气做第三次了

像花泽类一样温柔的人

你在害怕什么

李钟灵彻夜难眠。

她想了一晚上：书店这件事，是不是姜北言和程嘉西两人联手搞的鬼？

光一个姜北言做出这种事，就已经足够让她震惊了，再来一个程嘉西，她感觉自己的世界都要被颠覆了。

姜北言小时候还搞过不少恶作剧，有些坏心眼在身上，做出这种事也勉强能说过去，但程嘉西怎么可能会这么做呢？

那可是程嘉西，那个乖得不能再乖的程嘉西。

如果说姜北言是因为喜欢她才这样做，那程嘉西呢？程嘉西的动机是什么？难道他也……

李钟灵没办法再往下想，她要是再想下去，就有点自恋了。

她辗转反侧一整晚的后果，就是第二天早上起来时顶着两个浓重的黑眼圈，一出房间就把陈美玉吓了一跳。

"你昨晚做贼去了？"

"是啊，偷男人去了。"

李钟灵仗着在家，口无遮拦，抓了抓睡得乱糟糟的头发，一边往客厅走，一边毫无形象地打呵欠。可她的嘴巴才张到一半，就毫无准备地望见了在客厅沙发坐着的少年。

两人对上视线,他弯了弯眼睛,朝她笑。

李钟灵甩给他一个狼狈的背影,一边逃回房间,一边扯着嗓子喊:"陈姐!家里来客人你怎么不早说啊!"

陈美玉不知道她一大早犯什么病,无奈道:"小西是什么客人啊?你可没少在人家家里蹭吃蹭喝。"

李钟灵赶紧洗漱,打理鸟窝一样的头发,又对着镜子扒拉眼睑,看着这黑眼圈,纠结要不要上点遮瑕,但遮瑕估计也遮不住,还是算了。

她昨晚还在想姜北言和程嘉西这事,今天就来了其中一个,姜北言不会也会来吧?那她可真要疯了。

换了身衣服,李钟灵磨磨蹭蹭地走出房间,佯装淡定地瞥了一眼沙发上的人,状似无意地问:"这么早来我家干吗?"

少年连坐姿都是乖巧的模样,一个人坐在沙发一侧的最角落,占据最少的地方,温和道:"今天家政阿姨要去家里做清洁。"

李钟灵挠挠头,"哦"了一声。

她是知道的,程嘉西有个心病,就是不能单独和陌生人在家里相处,哪怕是家政阿姨。

这和他以前的遭遇有关。

程爸爸一直忙于做生意,十天半个月不见人影都是常事,所以不得不请住家阿姨照顾程嘉西。

程嘉西刚上初中那会儿,出了一档子事。

程爸爸请的住家阿姨是个三十出头的年轻女人,性格有些腼腆，但干活利落，长得也好看。

李钟灵带着小伙伴去程嘉西家玩的时候，还特意纠正这几个男生，叫他们别喊阿姨，要喊姐姐。

李钟灵对好看的人嘴都甜，还跟她聊过好几次天。在聊天过程中，女人也经常夸程嘉西长得漂亮。

程嘉西长得好看是事实，李钟灵当时只觉得对方和自己是两个"颜控"达成共识，没多放在心上。没想到的是，没过多久，那个女人竟然向当时还是初中生的程嘉西告白了。

程嘉西理所当然地拒绝。

结果没想到的是，这个女人有精神疾病，被拒绝后竟然开始发疯，意图强迫程嘉西。

也多亏程嘉西反应快，虽然没能逃出家，但及时把自己反锁在了房间里。

人虽然暂时安全了，手机却在推搡中落在了客厅，他没办法和外界联系。

那个偏执的女人就一直守在门口，堵着他，隔着门夸他多漂亮多好看，疯了一样说些难以入耳的话。

程嘉西一天没去上学，也没请假，李钟灵就带着祁东去他家找他。

疯女人表面又装得很正经，撒谎说程嘉西感冒发烧，在家里休息，已经睡下了，没让李钟灵进家门。

李钟灵心思单纯，也没多怀疑，就这么回去了。

程嘉西把自己反锁在房间里整整三天，什么都没吃，唯一能喝的就是房间浴室里的生水。

他也不是没有试图自救,往窗户外丢了不少写着求救信号的纸条,却没人注意到。偏偏他家当时住的楼层又很高,他担心高空抛物会砸伤路人,没办法往下扔更大更显眼的东西。

第四天是周六,李钟灵见程嘉西因为感冒没好几天没来上学,发消息给他也没回,就跟陈美玉说了一声。

陈美玉带着刚煲好的鸡汤去看望程嘉西,到底是成年人,才和那个女人说了几句话,陈美玉便发现了异样,这才报警把程嘉西救了出来。

程嘉西也因此落下心病。

李钟灵还要去便利店打工,吃完早饭就出门。

程嘉西一个人在她家也不方便,便跟着她,在便利店靠窗的桌子前坐着,临时买了纸笔,坐在那写写画画。

他没有萧南那么高调,就只是安安静静地待在角落,还戴着棒球帽,尽可能降低自己的存在感。

尽管如此,还是有进来消费的女生频频朝那边投去视线。

李钟灵想了想,趁着没人结账的时候,给他发消息:你在这儿坐着不觉得无聊吗?要不然去找祁东玩?

发完消息,她看着程嘉西拿起手机看了一眼,放下笔,慢吞吞地打字回复:我打扰到你了吗?

不是答应也不是拒绝,而是先询问是不是打扰到她。

他这么一问,李钟灵不知该如何是好了,感觉好像是她在嫌弃他一样。她分明没有那个意思，却莫名被挑起了罪恶感。

李钟灵：那倒没有……算了，你想待在这儿就待在这儿吧。

坐在窗边的少年侧身朝这边看过来，浅浅一笑，像在道谢。

李钟灵略有些不自在地挠头，莫名感觉自己像是被套路了。

程嘉西还真陪她待了一天。下午换班的时候，李钟灵脱下小马甲工作服，朝他走过去，语气无奈："在这儿坐一天，你也不嫌闷得慌。"

程嘉西弯了弯唇："有你在，不闷。"

他说这种话很自然，偏偏又很真诚，真诚到，明明说了句很肉麻的话，却完全不会令人觉得不舒服。

李钟灵不自然地咳了声，手指了指他面前的本子，转移话题道："你在这写一天了，在写什么？"

程嘉西把本子递给她看。

原来不是写字，而是画画。

他画画的技术显然没有弹钢琴的技术好，像小朋友画的简笔画，却——每一页都是她。

她在收银台结账，去整理货架，或者坐那打瞌睡，伸懒腰。

虽然是简笔画，但还挺传神，挺可爱。

李钟灵忍不住笑了："这是什么，打工人的一天？"

程嘉西纠正："李钟灵的一天。"

"不都一样？"李钟灵心情颇好地笑了一下，把本子还给他，"走了，饿坏了，吃饭去。我请客，想吃什么？"

程嘉西起身，跟着她走出便利店："想去你家吃。"

李钟灵回头笑他:"给我省钱呢?"

程嘉西没说是也没说不是,就弯了弯眼睛。

他经常这样,话少,遇到不想回答的问题就抿唇笑。

李钟灵带着他回了家,走到门口时还说笑着,可一见到屋里的人,她的笑容顿时就僵住了。

要疯了。

姜北言怎么在她家?

姜北言是陈美玉女士喊来的。

李钟灵一到家,陈美玉就把她拉去厨房,让她找机会跟姜北言好好聊聊,别搞冷战,伤感情。

李钟灵无奈得有点崩溃:"现在的问题不是冷战啊,我的妈妈!"

陈美玉问:"那是什么?"

李钟灵压低声音:"程嘉西还在这儿呢。"

陈美玉不以为然:"这有什么,小西又不是外人。"

"我的意思是——算了。"李钟灵一时也解释不清,说了也白说。

往餐厅那边看了眼,那两人在自觉地盛饭摆碗筷,轻车熟路,还真把这儿当自己家了。

餐厅。

姜北言靠近程嘉西身侧,刻意压低声音:"萧南和我聊过了。"

程嘉西将一勺米饭盛进碗里,像是没听懂:"嗯?"

姜北言抓住他端碗的手,在他侧头看过来时,看着他的眼睛,与他对视,语气微冷:"当年书店那件事。"

程嘉西仍旧没什么情绪波动,面色不变,低头继续盛饭:"嗯。"

姜北言抢过他的饭勺,有一丝不耐和烦躁:"你没什么想说的吗?"

程嘉西朝他弯了弯眼睛,抿唇笑了笑,语气没有波澜地反问:"说什么?"

姜北言被噎住,无意识地松开他的手。

明明已经认识这么多年了,眼前这个人还是让他觉得无比陌生。

不,或许他一直是这样,从来没变过,初二那年……

"你俩磨蹭什么呢,赶紧去厨房端菜,两位大少爷。"

李钟灵见这两人凑一块总觉得有些不妙,也有点担心姜北言会为难程嘉西,故意大声插嘴,把两人分开。

饭桌上,四个人在安静地吃饭。

饭桌下,李钟灵被人踢了下脚,抬头看过去,陈美玉女士在偷偷给她使眼色。

李钟灵很想翻白眼,她妈妈这是在瞎掺和什么呢?以前她和姜北言打架,也没见她这么热心地插手啊。

迫于无奈,李钟灵只好伸出筷子给姜北言夹了块鸡翅,随后她想了想,给程嘉西也夹了块鸡翅。

两人同时看着她。

"吃饭啊,看我干吗?"李钟灵一个也不搭理,埋头扒饭。

程嘉西也给她夹了一块鸡翅。

姜北言跟着也夹菜给她,还不只是鸡翅,把每个碗里的菜都夹了一遍,菜在李钟灵的碗里堆成小山。

李钟灵十分无奈:"姜北言你犯什么病呢?"这是要撑死她吗?

姜北言别扭道:"不是你先犯病?"

"你以为我想犯病?"

"我怎么知道你想不想犯病?"

两人越吵越绕,陈美玉听得头都大了:"好了,打住,食不言寝不语,要吵也吃完再吵,哑,不准吵架,给我好好相处。"

她都差点被带偏了。

李钟灵愤愤地瞪了一眼姜北言,埋头吃饭。

程嘉西把自己的碗伸过去,温和地说:"吃不完的菜,可以给我。"

李钟灵立刻把碗里的小山分一半给他,问道:"你要不要鸡蛋,还有胡萝卜。"

"嗯,没事,都吃。"

两人和谐得不得了。

姜北言看得牙根都发酸,骂了句自己,他怎么就沉不住气,又跟她吵。

吃完饭,李钟灵正要去厨房洗碗,却被姜北言抓着手腕往屋外拽:"跟我来。"

"哎哎哎,我洗碗呢!"

"让程嘉西去洗!"

姜北言头也不回地把她拽走了。

陈美玉看着都头疼，无奈摇头："这两个孩子。"

陈美玉回头看了一眼桌边，程嘉西什么都没说，很听话地接下了这活儿，低头收拾碗筷。

她走过去："放着吧，我来。"

对方避开了她伸过去的手："不用，我来。"

陈美玉愣了一下，看着他把堆叠起的脏碗端到厨房，想了想，还是跟了过去。

知道他的心病，她没进厨房，只是站在厨房门口，试探地开口："小西，你爸爸跟你说了什么没有？"

程嘉西背对着她，将海绵擦摁上洗洁精，轻轻"嗯"了声。

陈美玉斟酌着说："可能阿姨这么问不太合适，但如果你有什么想法，或者有什么意见，都可以说出来。"

程嘉西洗碗的动作顿了一下，过了一会儿，才开口问："什么都能说吗？"

"当然，"陈美玉很庆幸他愿意把想法说出来，鼓励道，"什么都能说。"

程嘉西低着头，撕掉被水浸湿的创可贴，水流冲刷着他食指上的伤口——之前被碎瓷片割的伤口很深，现在还没完全愈合。

他慢吞吞地说："您不喜欢我。"

他的语气异常笃定。

陈美玉一惊："怎么会？小西，我一直很喜欢你的呀。这些孩子里，最乖的不就是你吗？是不是阿姨平时做了什么，让你误会了?"

和李钟灵一起长大的这几个孩子里,程嘉西是最乖的一个,她也确实最心疼他。

程嘉西继续刷碗,像是很随意地问:"那为什么,姜北言可以,我不行?"

陈美玉整个人愣住了。

背对着她的少年一边慢条斯理地洗碗,一边不疾不徐地揭露某个事实:"您知道我也喜欢钟灵,却还是选了姜北言。"

陈美玉沉默了。

没错,她的女儿李钟灵很招人喜欢,姜北言是最容易被看出来的那个;程嘉西则相反,他一向心思重,这种事也藏得最深。

但她毕竟这么大的岁数了,也是从那个年纪过来的,这帮孩子的心思多多少少能看得出来。况且,程嘉西还有意在她面前表现。

但她还是选择了姜北言。

一方面,是因为程嘉西的爸爸;另一方面,则是因为程嘉西本人。

程嘉西固然乖巧,但性格却太深沉孤僻。

作为一个母亲,陈美玉认为还是姜北言更适合李钟灵。她心疼程嘉西的经历,也愿意把程嘉西当成儿子来疼爱,却不太愿意让女儿跟他交往。

和这样的人成为伴侣,李钟灵会很累,或许还会受伤。

所以陈美玉假装不知道这件事,然后去撮合李钟灵和姜北言。

陈美玉没有想到的是，自己这样的心思竟然被一个孩子给看出来了。

他早早就洞悉了一切，而她还在这假惺惺地关心他。

作为一个长辈，陈美玉头一次感到难堪："对不起，小西。"

程嘉西把最后一只碗洗干净，关掉水，慢条斯理地擦干净手，说："没关系的，阿姨，我不会反对您和我爸爸在一起，只是希望您能再多考虑考虑。"他转身，笑容温和乖巧，黝黑深沉的眼睛却没丝毫笑意，轻声道，"因为很多人都跟我说，我很像他。"

陈美玉的脸色骤变。

李钟灵被姜北言一路拽到小区楼下，还是上次那个玩跷跷板的地方。

李钟灵甩开他的手："你到底想说什么，现在可以说了吗？"

姜北言的胸口起伏："不是我！"

李钟灵觉得莫名其妙："什么不是你？"

姜北言解释道："书店那件事不是我做的！"

李钟灵没料到他竟然主动提起，愣了几秒："你说什么？"

昨天和萧南聊完后，姜北言才知道自己背了这么大一口锅，憋屈得不得了，这会儿干脆破罐子破摔，一股脑说出来："我是喜欢你，但我没想过去干涉你和萧南，把萧南约到书店这件事，我根本不知情。"

李钟灵睁大眼睛，想说什么，却感觉自己已经失声。

姜北言又说："是程——"

"够了!"李钟灵艰难地找回声音,打断他的话,"别说了,我不想再听。"

姜北言看着她,她低着头,不愿意看他,呼吸急促,肩膀微微颤抖。

他抿了抿唇,还是选择再开口,但换了件事说:"你还记得上初中的时候,我给你塞了封信吗?你后来还说,不小心把那封信弄丢了。"

李钟灵不懂他怎么突然提起这事,下一秒,却听见他说:"那封信,不是你不小心弄丢的,是程嘉西偷走了它。"

当时姜北言送完信后,一直忐忑地等李钟灵的回复。

没等到李钟灵,却等来了程嘉西。

看到程嘉西拿出那封信,姜北言惊愕又羞耻:"怎、怎么在你那里?"

程嘉西神色坦然:"我偷来的。"

程嘉西的语气平静得仿佛只是随手抽了一张放在桌上的卫生纸。

姜北言正要生气,质问他什么意思,程嘉西自己先交代了:"她以为你这封信是送给班花的,原本打算今天一早给她。"

这确实是李钟灵这笨蛋会干出来的事,姜北言都不知道该生气还是该无语。

程嘉西问:"要我还给她吗?告诉她,这是你写给她的。"

姜北言犹豫了一下:"不用了。"

一鼓作气,再而衰,三而竭。

第一次是说喜欢短发,第二次是塞信,鼓起全部勇气去做的事情,他已经没办法再去做第三次了。

姜北言把信从程嘉西手里拿回来,拍拍他的肩膀:"谢了。"

"对了,有件事要告诉你。"程嘉西冷不丁开口。

姜北言问:"什么事?"

程嘉西的眼睛一弯,露出乖顺的笑容:"我也很在意钟灵。"

李钟灵想起来了。

在信丢失之前,程嘉西在她家见过那封信。

他们一起写作业,她翻开书包的时候,不小心把信带出来了,她也是现在才想起这件原本被忘干净的事。

程嘉西问了句:"那是什么?"

李钟灵对他没一点戒心,觉得他肯定不会乱说出去,就把姜北言托她给班花回信的事都说了。

程嘉西当时问她:"你很喜欢那个女生吗?"

"喜欢啊!"李钟灵毫不迟疑地点头,"她长得漂亮,性格还温柔,还给我那么多零食,人巨好!"

她滔滔不绝地说起班花的好,又滔滔不绝地提起姜北言的臭脾气。

程嘉西没搭腔,就只是安静地听着,在她说完后,才慢悠悠地问:"那你喜欢姜北言吗?"

李钟灵一愣:"怎么可能?"

程嘉西歪了歪头,似有不解:"为什么不可能?他长得好看。"

李钟灵对他的理所当然感到无奈："又不是所有长得好看的我都得喜欢，也要看性格的好吗？"

程嘉西问："那你喜欢什么性格？"

李钟灵嘿嘿一笑："像花泽类一样温柔的人。"

程嘉西很少看电视剧，露出懵懂的表情："是谁？"

那一天，李钟灵滔滔不绝地给他讲了快两小时的《流星花园》。

…………

不顾姜北言在身后喊，李钟灵朝家的方向一路狂奔。

风在耳边呼啸，她却好似从这个世界脱离，脚踩在地面，却感觉不到这个世界的真实。

程嘉西，程嘉西，一切的一切，都是因为程嘉西！

他的乖巧，他的温顺，都是假象。

所有人都觉得他不会撒谎，所有人都被他蒙骗，被他手中的线操控，被他耍得团团转。

而她像个傻子一样，毫无防备地相信他，傻傻地被他玩弄，还担心他被欺负。

怎么会这样？

到底是为什么？

是从什么时候开始，他……

李钟灵一把推开家里的门，却没看见少年的身影，反而看见自家母亲失魂落魄地坐在沙发上。

"他已经回家了。"没等她问，陈美玉先出声。

陈美玉望着玄关处的女儿,叹了口气,说:"去找他吧,听你自己的心意,不用顾忌我,我和你程叔叔……不会在一起。"

李钟灵的呼吸一滞,瞳孔骤缩。

程家的门铃从来没这么急促地响过。

两家离得并不远,李钟灵是一路跑过来的,按门铃还不够,索性还拍门。

大门被人从里面打开,少年站在屋内,神色温和地看着她,似乎丝毫不惊讶她会出现在这里。

李钟灵还气息不稳,就迫不及待质问他:"为什么?为什么要做那些事?你对我妈妈说了什么?"

程嘉西不慌不忙,侧身让出一条路:"先进屋说吧。"

李钟灵不肯进去,他家就他一个,她现在对他完全戒备,因为他已经不是那个在她面前乖顺的小西了。

看出她的警惕,程嘉西笑了笑:"放心,我打不过你。"

李钟灵一想,好像也没错。她怕什么?她武力值高得很!

她进屋,程嘉西给她倒了杯水,温声问:"跑过来的吗?"

李钟灵没接,语气很冲地说:"你别再跟我装乖,我已经知道你做的那些事了!"

程嘉西歪了歪头,问:"什么事?"

"书店,信,还有我妈妈!"其实最后一件事她还没搞清,但肯定跟他脱不了关系!

程嘉西将水杯搁在她面前的茶几上,视线扫过自己食指上的那道伤疤，轻叹道："我一直在等。"

李钟灵皱眉问："等什么？"

在回答这个问题之前，程嘉西的身影向她覆盖过去，一条手臂撑在她身后的沙发上，将她困在自己和沙发之间。

客厅冷色调的灯光下，他的面部轮廓分明，不带笑容时，竟然有种攻击感。

少年的气息钻入鼻间，陌生的压迫感扑面而来，李钟灵不自觉地往后仰，绷紧脊背。

"你干什么？"她的声音带着些微颤，是紧张，抑或对某种猜想即将被证实的不安。

在她忐忑的目光下，他漂亮的唇角微微弯起。

下一秒，她的视线被人阻挡。

少年用受伤的左手轻轻覆上她的眼睛。

温热的掌心贴上她不安颤动的眼睫，温度从皮肤蔓延，所有问题的答案都在这一瞬间如同烟花般在李钟灵的身体里炸开。

"你去问了姜北言，去问了祁东、萧南。"他的声音很轻，却带着一丝难以逃脱的危险性，"为什么不来问问我呢？"

李钟灵的呼吸在颤抖，她咬紧牙关，心脏像是被人捏住般，难受地紧缩。

程嘉西放下手，垂眸注视着她。

那双漆黑得望不见底的眼睛，似乎把一切都看透了。

"李钟灵，你在害怕什么？"

CHAPTER 05
对喜欢的人如此坚定

就像空气一样，没什么存在感

哪怕是吵一百次架，也一定会有一百零一次和好

倒了八辈子的霉

做错了吗

萧南说错了一件事——李钟灵没那么要强。

她很爱哭，在程嘉西面前，她哭过很多次。

第一次，是程嘉西刚上初中时出事的那次，目睹警察把疯女人抓走，她被吓得不轻。看到程嘉西虚弱地被人扶出来，她愧疚得不得了。

如果她早一点发现，如果她能多留个心眼……就能更早救他出来，他就能少受一些苦。

眼泪盈在眼眶打转，少年的手轻轻地覆在她的脑袋上。

程嘉西脸色苍白，却还笑着安慰她："别担心，我没事。"

"呜呜，程嘉西……"

眼泪落下来，她想扑向虚弱的少年，却被她妈妈截住，让她小心点。

程嘉西现在连站稳都困难。

李钟灵抽抽搭搭地哭鼻子，一直喊程嘉西的名字。她就是这样，激动的时候组织不了语言，偏偏又非要说些什么，于是一句话反复念好多遍。

程嘉西轻轻拍了拍她的脑袋，眼睛弯弯的。

第二次是在初三。

李钟灵头一次对青春期这个词有了实感——她来初潮了。

学校上过基础性教育课,她已经对这些有所了解,但毕竟是第一次来,她还是有些手足无措,主要是疼。

最后一节课的时候,她感觉到下腹一股暖流,课还没上完,肚子已经开始疼。

她终于体会到姜北言当初阑尾炎的痛楚——不,或许比那更疼,她感觉自己疼得灵魂都要被抽走了。

但她还要装作若无其事的模样。

初中那会儿,正是少男少女敏感也脆弱的时期,尤其是这种事。

李钟灵不止一次见过身边的女同学像做贼一样悄悄地借卫生巾。卫生巾也不能直接叫卫生巾,要叫"小面包""大天使""小翅膀"……总之绝对不能直呼卫生巾,来月经也不能说来月经,要说"来那个了""倒霉了"。

在学校小卖部,女同学们经常在货架那边徘徊,不停朝收银台张望。李钟灵第一次见到这种情况,还以为对方是要偷东西,后来才知道她是在等收银台那边买东西的男生都走了,才敢拿着卫生巾去结账,还必须用黑色塑料袋装。

她也见过女生在没有准备的情况下弄脏了裤子,自己不知情,被男生发现,而后被指着屁股大声嘲笑。

月经羞耻,是初中女生难以克服的难题,起码在当时是这样。

李钟灵的脸皮厚,起初不理解,真有一天轮到自己,才知道那些难以启齿原来是真的。

放学后,她还坐在椅子上一动不敢动,一个是因为疼,另一个是因为裤子脏了。

萧南跟她同班,家不在一个方向,问她怎么还不走,她说等姜北言,准备撒谎糊弄过去。

姜北言和祁东来了,姜北言不耐烦地问她怎么这么磨蹭,害他等半天。她说自己今天要写完作业再回家,让他俩先走。

祁东听见作业就头疼,摸了摸脑袋说:"大姐大,你什么时候变这么勤奋?"

他光顾着夸,一点没怀疑。

姜北言皱着眉问她发什么神经,凑过来一看她的作业本:"你这不是一道题都没写完吗?"

李钟灵肚子疼得受不了,心情也烦躁,拿起作业本往他身上挥,像赶乌鸦似的朝他嚷嚷:"别烦我!走开!"

姜北言被她骂得莫名其妙,也来了脾气,甩下一句"有病吧你",便气呼呼地带着祁东离开。

人都走了,李钟灵终于撑不住了,捂着肚子埋头趴在桌上,又疼又委屈。

一串脚步声传来,有人轻轻拍了拍她的手臂,唤她:"钟灵。"

她抬头,对上少年关切的目光。

他是男生,李钟灵对他也保持警惕:"你怎么来了?"

她今天明明没有邀请他去她家吃饭。

程嘉西如实说:"刚刚遇见姜北言,没看到你,过来看看。"

"身体不舒服吗？"他看出她的异样，温和地问。

李钟灵一点也不想回答，怕被嘲笑，怕丢脸，把头一撇，趴在桌上埋着脸不看他。

"没有，你回家吧，不用管我！"

这时候她还在逞强。

程嘉西却没走，在她座位旁边蹲下，轻声问："我陪你去医院看看，好吗？"

他的声音太温柔，李钟灵暴躁的情绪被安抚了。

身体的疼痛和积压的情绪，被按下开启闸门的开关。

李钟灵鼻子一酸，难堪和委屈化作眼里的泪水，润湿了她的衣袖。

她仍把脸埋在手臂间，但总算肯松口，声音闷闷的："不用去医院，就是肚子疼。"

她没有明说是什么，程嘉西却立刻明白了，他站起身，脱下书包，拉开拉链，把外套脱给她。

"我扶你去校门口，我们打车回去。"他这样说。

李钟灵没拒绝。

她被程嘉西搀扶着回了家，陈美玉还在饭馆里忙活，没回来。

回家后，李钟灵就让程嘉西赶紧回家，不让他多待。等程嘉西走了，她再一个人去洗手间换裤子，看着说明书垫卫生巾。

第一次应付这种情况，再加上肚子疼得难受，手脚都没什么力气，李钟灵在洗手间折腾了很久，出来时，便听见了敲门声。

她捂着肚子艰难走去开门，去而复返的少年手里多了一个塑料袋。

李钟灵看见他就感觉别扭,尤其羞耻:"不是让你回家吗?"

程嘉西打开塑料袋,说:"我买了点止疼药,这个是布洛芬,一次一颗,一天两次;这个是益母草,也是一天两次;还有暖宫贴,现在就可以贴。"

"你干吗啊?"

他难得一次性说这么多话,李钟灵却只觉得羞耻。

程嘉西理所当然地说:"照顾你。"

李钟灵一愣,支支吾吾地问:"你、你不笑话我?"

程嘉西歪了歪脑袋,露出茫然的表情:"为什么要笑你?"

"就是、就是……"

李钟灵自己也说不上来,为什么来月经这件事要被男生笑话,为什么女生一到这种时期就要偷偷摸摸。

她想不出原因,只能垂头丧气地说出当下的现实:"就是……好多男生都会笑这种事。"

程嘉西想了想,说:"可能因为他们没有妈妈教吧。"

温柔的少年,温顺的语气,说出并不温和的话语。

李钟灵震惊地抬起头:"你骂人了?"

"嗯?"程嘉西又露出茫然表情。

他之所以会知道这些,是因为他母亲以前也经常痛经,而且每个月都有几天需要吃止疼药。那时候,他母亲便躺在床上,没什么精神,他去关心询问时,母亲就把这些事情教给了他。

没等他说什么,李钟灵忽然自己想通了:"你说得对,这种事有什么好笑的，他们笑话人，是他们没妈教！"

她陡然醒悟，捂着肚子把程嘉西拽进家门，然后往沙发上一躺，理直气壮地使唤他："赶紧帮我去倒杯水，我要吃药，哎哟喂，疼死我了。"

"要我帮你揉揉吗？"他母亲也这样教过他。

"不、不用了！"没皮没脸的人闹了个大红脸，结结巴巴地说。

第三次，是他们刚上高中，第一次月考成绩大爆冷，李钟灵感觉自己跟不上重点高中的学习节奏。

第四次，是被萧南逼着学习，她觉得压力太大。

第五次，第六次……她在程嘉西面前哭过多少次，李钟灵自己都数不过来。

她自己觉得没什么不妥，或者说，她从没想过这有什么不妥。

她脾气很差，没上进心，又容易焦虑，经常给别人打气，自己却特别容易消极，看着很开朗，其实很容易暴躁。

她从来不掩饰自己的坏脾气，有人害怕退缩，有人无奈叹气，有人暴躁不耐。

只有程嘉西，始终都在惯着她、包容她，而她最坏的脾气也都留给了程嘉西。李钟灵最暴躁的时候，还朝程嘉西扔过一个杯子，那个厚实的蓝色陶瓷杯，狠狠地砸在少年的肩膀上。

被她砸中的少年并没有离去，甚至没有发出吃痛的声音，只一声不吭地弯腰，捡起地上的杯子放到一旁。

彼时李钟灵留长了头发，养白了皮肤，穿着一条新买的清新粉嫩的连衣裙。

那个周末，原本是她和程嘉西约着去看电影的日子。她盼了很久，终于等到那部新电影上映。但她没有去，也没说原因，而是直接爽约，把自己关在了家里。

程嘉西来找她，她态度冷淡，起初轻描淡写地说自己忘记了，后来又改口说不想去，最后变得暴躁，让他赶紧离开，不想见到他。

这场愤怒来得毫无预兆，她像疯子一样，无缘无故对他大发脾气。

她以为程嘉西会生气，会立刻走，但是他没有。

少年拿着擦眼泪的纸巾朝她走过来，仍旧是平日里的乖顺模样，温声询问："是发生了什么事吗？"

李钟灵不肯说话，只是摇头，双手掩面，肩膀颤抖，眼泪直流。

发生了很不好很不好的事。

上午，她原本准备出门赴约，去找程嘉西看电影。出门时，李钟灵发现陈美玉女士的手机落在了客厅里。她心想着反正顺路，于是便带着这部手机去自家饭馆找陈美玉。结果到饭馆门口时，李钟灵却看见陈美玉和程嘉西的爸爸在交谈——不只是交谈，他们站得很近，超过了男女之间那种正常社交距离的亲近。

平日不苟言笑的程叔叔笑得很温柔，平日动不动就横眉竖眼的陈美玉，此刻的眼神柔情似水。

李钟灵很庆幸他们此刻的注意力都在对方身上,谁也没看见站在门口如遭雷劈的李钟灵。

李钟灵第一反应是后退,然后转身逃跑。

风灌进嗓子,眼睛被吹得起了雾。

她盼了很久的,程嘉西喜欢的那部新电影今天终于上映了。

她辗转反侧几个夜晚,终于下定决心买回来的裙子,今天第一次穿上。

她妈妈孤家寡人那么多年,终于给自己找到依靠,这是好事,可是……为什么偏偏是程嘉西的爸爸?

为什么,偏偏是在她喜欢上程嘉西之后?

那一天,李钟灵死活不肯说自己发脾气的原因。程嘉西问了几次没问出,也不再追问,只是站在旁边安安静静地陪着她。

等哭过劲了,李钟灵也稍微平静下来,顶着满脸的泪痕,小心翼翼去触碰他的左肩,抽抽噎噎地问:"疼吗?"

程嘉西没说疼,也没说不疼,只是拿着纸巾仔细地帮她擦干净眼泪,他眯起眼睛,像是开玩笑也像是庆幸:"还好杯子没摔坏。"

李钟灵的眼泪又掉了下来。

那是前段时间,她找借口给程嘉西挑生日礼物,陪他一起去买的杯子。当时买了一对,她又以这款杯子的图案太好看为由,从他那抢来一个,程嘉西也由着她。

她的杯子是蓝色的,他的杯子是粉色的,其实是一对。

那一年的末尾,跨年夜的晚上,他们聚在程嘉西家打游戏,蹭零食。

李钟灵还嫌不够热闹,打开电视,随便换了个频道,刚好在播《动物世界》。

祁东忽然来了兴致,问她:"大姐大,你觉得我上辈子会是什么动物?"

李钟灵往嘴里丢了颗花生,嚼着花生吐槽:"我又不是神婆,我怎么知道?"

萧南笑眯眯的,似也来了兴趣,凑热闹地问:"那你觉得我这辈子像什么动物?"

"大鹅吧,"彼时他们才吵完架没多久,李钟灵还记着他之前的魔鬼教导,"谁不听话,就立马扑棱着翅膀追着咬。"

萧南笑容不变地端走她面前那盘花生。

然后是祁东,祁东对她给自己"像大金毛"的评价很是满意。

姜北言脸色发黑地问:"你说谁是鸭子呢?还有为什么还得是死的?"

最后是安静的程嘉西,他没有主动问,李钟灵原本也不打算说。

是祁东提醒她,沙发角落还坐着一个程嘉西,别把他落下了。

李钟灵当然知道,并且很想踹祁东一脚。

她没回头去看他,若无其事地拿起一包话梅,一边找可以撕开的缺口,一边状似漫不经心地说了句:"空气吧。"她声音甚至有些冷漠,"就像空气一样,没什么存在感。"

因为这句不太友好的话,吵闹的客厅安静了几秒。

姜北言最先反应过来,不满地皱起眉:"李钟灵,你……"

"这话梅的包装是怎么设计的？让人咋撕啊？"

李钟灵找了半天，都没找到那包话梅包装袋上的缺口，便失去耐心，丢到一边，烦躁地嚷嚷几句。

李钟灵吃花生吃得有些口渴，从地毯上爬起来，趿拉着拖鞋去厨房的冰箱拿新饮料，然后问他们："你们要不要喝点什么？"

她虽然嘴上这么问，但没等回答，就已经往厨房走了。

过了会儿，李钟灵拿着汽水从厨房回来，那几人已经在玩牌，她也坐回位置，咋咋呼呼地加入其中。

那包找不到缺口的话梅已经被人撕开，静静地躺在她的手边，但她没有去吃。

高考结束那晚，所谓的知心姐姐时间。

醉醺醺的李钟灵，在萧南的面前落泪。

"好难啊，萧南，让他喊我姐姐，好像比登天还难。"

现在才只是傍晚，刚开门营业的清吧，只有三三两两的人，慵懒的爵士乐和暧昧的氛围灯填满了这个空间，才显得不那么冷清。

李钟灵低垂着眼，纤细手指捏着酒杯，红色液体在杯中轻轻摇晃，没有喝，然后放在一边，撑着下巴，对身旁人临时起意："要不然我跟你一起出国算了。"

"好啊，现在回我家，我们先一起看看国外的院校，你想去哪个国家？"

李钟灵："……"

"嗯?"

见她不吭声,他还催促。

李钟灵终于无奈道:"为什么我每次随便说说的话,你都要这么认真?"

感觉她现在要是开玩笑说结婚,萧南都能立刻拉她去民政局,哪怕他们都还没到法定婚龄。

"真心话藏在玩笑里,哪怕你只有一分真心,我也不想错过。"

少年一只胳膊拄着桌面上,表情辨别不出是开玩笑还是认真,说的话却……好真诚。

李钟灵的两根手指搭上桌面,朝他下跪:"对不起,以后我再也不打嘴炮了。"

她感觉自己半夜醒过来,都得扇自己一巴掌。

萧南低笑出声,托着腮问:"所以,你打算报什么大学?"

距离高考已经过了这些天,高考分数昨天出来。

考试的状态像坐过山车的李钟灵,这次撞了大运,考出来的分数刚好在过山车的最顶端,如果只报考本地的大学,着实有些浪费。

陈美玉也让她多看看其他城市的学校,无论距离远近,选个最不辜负这分数的学校。

李钟灵还没怎么想这事,现在的她,即便知道自己考了高分,也兴奋不起来。

那晚她和程嘉西吵完架之后,就是这样颓废的精神状态。

准确来说,那不算吵架,而是她单方面骂程嘉西。

以前她觉得程嘉西的情绪稳定，总是包容她的任性，从来都不会生气，这点好得不得了。可她现在只觉得，自己是一拳打在棉花上，只能无能狂怒。

程嘉西这个人脑子有问题。

这不是骂他，而是他的脑回路，他思考问题的方式，真的很有问题。

那晚，李钟灵一把将他推开，把他做过的这些事一件一件摆到台面上，问他为什么要这么做。

这时候，她还在天真地以为程嘉西会道歉、会愧疚，但是事情却朝着完全相反的方向发展了。

关于偷姜北言的信，程嘉西完全没觉得自己做错。

"我只是制止了一场乌龙，"他这样说，"班花喜欢姜北言，姜北言那封信是写给你的，如果你把它交给班花，她会怎么看你？"

"我……"李钟灵一时之间竟然答不上来。

"她会讨厌你，"程嘉西慢悠悠地帮她回答，"而你很喜欢她，如果她讨厌你，你会伤心。我是在帮你。"

李钟灵惊愕地睁大了眼睛，想反驳，却离谱地觉得他这个逻辑好像没什么毛病。

"可这对姜北言不公平！"她不甘心地说。

程嘉西的脑袋一歪："为什么不公平？你又不喜欢他。"

他没有丝毫讽刺的意味，分析得尤为平静，像一个冷酷的旁观者，无情的纠错者。

"即使你收到也是拒绝，你拒绝他，他会伤心，你会尴尬，我只是在帮你们避免这场尴尬。"

虽然有点绕,但逻辑好像没错,思路也好像没错,而且主要是,他说话时的表情和语气都尤其真诚,李钟灵感觉自己快被他说服了,却总觉得哪里不对劲——有一种形容不上来的别扭感。

"那书店呢?"她从另一个点切入,"你假借姜北言的名义安排萧南和班花见面,又故意把我引去那里,让我看到他们,这你怎么解释?"

这总是他捣的鬼吧?

程嘉西的眼睛眯了眯,朝她笑了笑,没正面回答,而是反问道:"如果你有我喜欢你那么喜欢萧南,你还会退缩吗?"

李钟灵愣了:"什么?"

程嘉西不紧不慢地说:"我故意让姜北言看到你的信,想看看他是什么反应,他很难过,却什么都没做,反而想要放弃喜欢你。你看到萧南和班花在一起,同样很难过,也还是什么都没做。而我,无论是别人喜欢你,还是你喜欢别人,都从没想过放弃。我会去做各种事,去争取让你能喜欢上我,是因为只有我的喜欢才最坚定。"

他弯唇一笑,漂亮的眼睛里盛满自信的笃定:"只有对爱坚定的人,才能走到最后。"

一向安静寡言的少年头一回一次性说这么多话。

李钟灵却听得浑身发抖——她是给气的。

程嘉西下一刻说的话更让她心脏"爆炸"。

"还有你妈妈,"程嘉西收敛了笑容,声音冷淡下来,"她不喜欢我的性格，不希望我们在一起，我只是说了一句我跟我爸很像，她也开始退缩了。"

"你妈妈对我爸，你对萧南，姜北言对你，我没有阻止任何人的感情，我给了你们很多机会，是你们自己对喜欢的人不坚定。"

他说这些话并非嘲讽，相反，他的语气平静极了，清澈的嗓音毫无波澜地陈述着一切，满是对这一切置身事外的冷漠。程嘉西此刻的无情，和他平时的温顺性情可以说是截然不同。

"即使我什么都不做，这样脆弱的感情在某一天也一定会分崩离析。而我做的这些，只是让你们提前认清自己，及时止损。"

"你在说什么屁话？！"

李钟灵气得从沙发上站起来，她胸膛剧烈起伏，眼眶也已通红。

这说的是什么话？这有着人体的温度的嘴怎么能说出这么冷酷无情的话？这么乖巧的脸怎么能说出这么欠揍的话？

她总算知道自己刚才那种别扭感从何而来了。

程嘉西的逻辑看似合理，实际上有最致命的问题——他自始至终都没考虑过喜欢之外的感情。

"是，如果我当年把那封信给了班花，或许我会被她讨厌，但你怎么肯定我一定会被她讨厌呢？我跟她解释清楚，跟她道歉，就没有一点被她原谅的可能吗？"

"我为什么喜欢她？不只是因为她漂亮，更是因为她的性格，我知道她是一个怎么样的人。她根本不会因为我送错信就讨厌我，也不会因为她喜欢的男生喜欢我而对我有偏见，因为我们俩是好朋友，因为她真的是一个很好很好的人。"

她和班花从初中到高中都是同学，甚至前段时间还约着一起出去玩。

她有次开玩笑问过班花还喜不喜欢姜北言。

班花笑着说："一直都喜欢，但他好像只喜欢你。"

李钟灵当时只觉得她在开玩笑，没把这话放心上，还一脸嫌弃地说："那我可就真觉得晦气了。"

班花笑得花枝乱颤，抢了她的话梅，大声说着："可恶啊，这晦气给我多好啊。"

李钟灵也一直以为那只是聊天时的玩笑，现在想来，是她自己没眼睛，既看不出姜北言喜欢自己，也看不出班花早已把这一切都看清了。

但哪怕班花早就知道了，她也还是继续跟她做朋友，从未对她表现过任何偏见，甚至还在她因为不能和程嘉西在一起而失意颓丧的时候，想方设法地安慰她。

在她喝醉酒之前，班花是唯一一个知道她喜欢程嘉西的人。

她们的感情有多好，程嘉西一点也不知道——不，他是根本就不在乎。

"是，就算我收到那封信，知道姜北言的心意，我还是会拒绝他。但你怎么就能肯定，知道他心意后的我，不会对他有所改观？你怎么就能笃定，被我拒绝后的他就会立刻放弃追求我，连朋友都不跟我做？"

她和姜北言一起长大，在认识其他人之前，他们就已经是密不可分的青梅竹马，哪怕是吵一百次架，也一定会有一百零一次和好。

她太清楚，姜北言对她的喜欢并非不坚定，就像她当初对萧南。

"还有萧南，看到他和班花在一起，我是退缩了，我是自卑了，因为我觉得我比不上班花。但让我放弃的原因，更多是我以为他们俩互相喜欢，我希望我喜欢的这两个人能幸福地在一起。

"萧南之于我，我之于姜北言，我们俩的喜欢不是没有你坚定，而是没有你自私。你那些看似合理的逻辑，全都是在为你的自私开脱！"

李钟灵的眼泪不受控制地夺眶而出，大概是见她实在哭得太凶，少年的脸上闪过一丝慌乱的神色。

李钟灵胡乱地抹去脸上的泪，眼眶通红地看着面前这个让她觉得无比陌生的少年，压着自己颤抖的哭腔："程嘉西，你从来没有想过别人，你只想着自己，我真的……看错你了。"

李钟灵一边说话一边流泪，程嘉西下意识地伸手想替她擦掉，却被她狠狠地拍开了。

"滚开！"李钟灵正在气头上，甚至不愿意让他碰自己，"被你这样的人喜欢上，我真是倒了八辈子霉！"

程嘉西整个人愣住了。

"我真是倒了八辈子的霉，才会跟你这样的人结婚！"

少年眼前闪过一幕几乎褪色，却仍像昨日般清晰的画面。

女人拖着行李箱，头也不回地离去的身影，与此时此刻李钟灵弃他而去的身影,重合了。

大门被重重地甩上,屋内回归死寂。

程嘉西站在原地愣了许久,脸上的神情从无措到茫然。

他只是……在坚定地喜欢一个人。

这错了吗?

CHAPTER 06
在一起的可能性

学调酒

认识十八年的默契

挡桃花，砍桃树

五十块钱

世上有两种事会让人尤其后悔。

一是和讨厌的人吵架，事后越想越觉得自己没有发挥好；二是和喜欢的人吵架，事后越想越觉得自己发挥得太好。

李钟灵最近就在苦恼后者。

自己的话是不是说得太重了？倒八辈子霉什么的——把程嘉西说得也太晦气了？

三辈子？好像也没什么区别。

李钟灵整理便利店的货架时，一直唉声叹气的。

其实除了程嘉西说的那些话让她生气以外，他偷亲她又不告诉她这件事也让她生气。

李钟灵感觉自己在被他观察，在被他用他自己的标准衡量，她对他的喜欢究竟坚不坚定。

为什么一开始不去问他，而是费那么大劲去向其他三个人打听？

当然是因为喜欢他，正因为喜欢，所以更害怕。

她希望那个人是他，更希望那个人不是他。

所以当她得知不是祁东的时候，并没有松一口气，而且在那时有过放弃继续找出这个人的念头。

再后来是萧南……唉……

李钟灵又一次唉声叹气。

早知道那晚就不喝酒了,都怪祁东,给她喝那么好喝的鸡尾酒。

等等!

李钟灵放东西的动作一顿,鸡尾酒?

祁东说她那晚喝的鸡尾酒是程嘉西调的,程嘉西什么时候学会调酒了?

他调酒……

李钟灵的脑子里闪过一个模糊的画面,蒙尘的记忆从被遗忘的角落里渐渐浮现。

刚上高一的时候,某个周末,陈美玉女士一如既往地邀请一个人在家的程嘉西来家里吃饭。

李钟灵抱着手机在客厅刷视频,程嘉西在她家厨房给陈美玉女士打下手做饭。

陈美玉喊了她好几声,她才依依不舍地放下手机,去摆筷子,拿碗盛饭,边对端着菜过来的程嘉西说:"我刚看到一个超帅的调酒视频,待会儿给你看看。"

"调酒"对高中生来说,是在生活之外的词汇,少年脸上难免露出了些茫然:"调酒?"

李钟灵拿着两个杯子,动作幅度夸张地晃来晃去:"就这样……那调酒师姐姐的动作巨帅!"

李钟灵完全没注意到陈美玉女士如幽灵般出现在自己的身后，正面无表情地盯着她，她还挺兴奋地说："等高考完咱们也成年了，到时候去清吧看看现场。"

才说完，李钟灵就被身后的陈美玉敲了一下脑袋："看什么看？小孩子家家去什么酒吧？我看你是欠抽！"

李钟灵哀号了一声，捂着脑袋解释道："我说成年，成年之后，而且不是酒吧，是清吧！"

"那不都一样？"陈美玉女士把这类场所归为一类，没好气地警告道，"成年也不许去！学什么不好，学人喝酒，你妈妈我一眼就看透你了，你要是喝醉，这天花板都能掀翻！"

李钟灵跟陈美玉据理力争了半顿饭的时间，最终惨败。

吃完饭，她郁闷地去厨房洗碗，程嘉西站在她旁边跟她一起洗。

少年比她高了大半个头，偏头瞧了眼她气鼓鼓的侧脸，想了想，弯腰朝她那边倾斜身体，用只有两个人能听见的声音，悄悄说："不用去酒吧，也能看现场调酒。"

"哦？"李钟灵立刻来了兴趣，凑过去跟他咬耳朵，一脸兴奋和期待，"怎么说？"

程嘉西一本正经地说："我去学。"

李钟灵期待的表情瞬间消失，站直身体，翻了个白眼，说："你怎么不说你先从怎么酿酒开始学呢？"

也不知道李钟灵戳中了他哪个笑点，程嘉西低着头，颤着肩膀笑。

少年的眼睛弯弯的，露出的牙齿整齐洁白，笑得特别好看。

李钟灵板着脸，憋了一会儿没憋住，也跟着笑出来："傻不傻呀。"

高考成绩出来后，祁东没过多久就决定复读。

李钟灵还想着要不要请他吃个饭，鼓励鼓励，结果第二天他就跑另一个城市旅游去了。

她在便利店打工，祁东时不时会发来一堆风景照美食照，恨不得馋死她。

李钟灵打工的便利店是轮班制，早班是从早上八点到下午四点，中班是从下午四点到晚上十点。

她又去接了个给小孩当家教的活儿，从这段时间开始轮中班。

陈美玉见不得她这么拼，三番两次地劝她，让她把便利店的工作辞掉，就教教小孩算了。

"又不是养不起你，打这么多工干啥？开学之前好好出去玩玩啊。"

"存钱啊，谁会嫌钱多？"李钟灵每次都振振有词。

她确实挺爱钱的，就连填志愿的时候，她都率先考虑以后的工作发展前景，而不是自己的兴趣——也不对，她的兴趣就是赚钱。

不过她之所以这么拼地打工，主要还是想让自己忙起来。忙起来，她就没空去胡思乱想，伤春悲秋。

她和程嘉西已经半个月没说过话了，甚至都没见过面。自从两人认识以来，这还是头一次。

　　自上次吵完架后，李钟灵就没再去找过他，程嘉西也没来找她——就像人间蒸发了一样。

　　李钟灵越想越咬牙切齿，这小子竟然比姜北言还会玩冷战！

　　晚上十点，李钟灵脱下工作服小马甲，从便利店下班，收拾东西准备回家。

　　便利店离她家不算远也不算很近，走路十几分钟就能到。

　　她家住在一个老小区，几条小巷都通那边。李钟灵九点多的时候就饿得不行了，想赶着回家搞夜宵吃，于是就抄了个近路。

　　偷懒的后果是，她这会儿走得提心吊胆。

　　这个点，路上已经没几个人了，她拐进的这条小巷子更是冷冷清清，安静得瘆人，老路灯光线昏黄，飞蚊朝光源扑过去。

　　李钟灵隐约听见身后有脚步声，回头一瞧，却一个人也没有。

　　她不算胆小，偏偏这时候想起了陈美玉前段时间的话——有个深夜尾随女生的变态在这一片活动，还没被抓住，已经有好几个晚上独自出门的女生被那人尾随过。

　　想到这儿，李钟灵的头皮都在发麻，一边拿出手机找紧急联系人，一边加快脚步往家的方向走。

　　起初她还在走，心跳和脚步一块加速，最后变成了不管不顾地往前跑。

　　风声在她的耳边呼啸，潮热的晚风吹乱了她的头发。

　　李钟灵的心脏在胸腔里狂奔乱跳，她只想着身后那人会不会跟着追上来，没顾上眼前。等瞧见前方出现一道熟悉人影时，她已经刹不住脚步，撞进了那人怀里。

少年的手臂修长有力，将她稳稳地扶住，身上是刚洗完澡后柚子味沐浴露的味道，清爽的气息钻进她的鼻子里，总算给了她一些安心感。

来人皱着眉问："李钟灵，你……"

"好像有变态在我后面。"没等他把话说完，李钟灵就先一步喘着粗气回答。

不愧为认识十八年的默契，姜北言立刻将她护在怀里，警惕的视线往她的身后扫一圈，却没见到人影。

手机的来电铃声在巷子里响起，短促的几秒后，立刻被挂断。

姜北言把李钟灵从怀里拉开，循着声音就要去抓那变态揍一顿，却被李钟灵抓住了手臂。

他莫名其妙道："你干吗？"

不是说有变态？不趁现在赶紧去，人都要跑远了。

李钟灵没看他，低头看着手机，屏幕上是被切断的通话记录。她刚刚不小心误触，按到紧急联系人的电话，拨出去的。

她收起手机，冲着黑黢黢的巷子里喊："你再不出来，就这辈子都躲着别出来。"

话音落下，小巷路口拐弯的死角，身形单薄的少年慢吞吞地走出来，垂着头，跟蜗牛似的，几乎是挪着步子。

"过来！"李钟灵语气不善地命令他。

心虚的程嘉西一步步朝这边挪过来，始终不敢抬头。程嘉西这么没底气的模样，连姜北言都没见过，好歹也是一米八几的身

115

高,这会儿低眉顺眼的模样,仿佛比他都矮了半个头。

李钟灵看着面前脸上没什么表情的人,厉声道:"你什么意思?从自私鬼变成跟踪狂了?"

程嘉西摇摇头。

"说话!"李钟灵看不惯他这模样,好像多委屈似的,好像她怎么欺负了他似的,她那天骂得这么凶吗?

程嘉西仍低着头,声音很轻:"晚上不安全。"

李钟灵愤怒地说:"所以你就跟踪我?"

"陪着。"他轻声纠正。

李钟灵并不接受他的说法:"不声不响也不让我知道,可不就是跟踪?"

程嘉西垂眼盯着地面:"因为你不想见我。"

"谁说我——"李钟灵差点条件反射脱口而出,好在她及时打住,改口道,"对,我不想见你,你回去吧,以后别再跟着我了。"

说完,她就要跟姜北言一块离开,身后衣角却传来轻微的拉力。

她回头。

少年终于肯抬起头,两根长指小心翼翼地捏着她的衣角,望向她的目光也格外小心翼翼。

有一种人天生就能招人心疼,哪怕他一句话都不说。

程嘉西就是这种人。

李钟灵的心脏一抽,差点心软,可她更要告诉他的是:"你是来道歉的?"

程嘉西张了张嘴,她几乎以为他马上就要把那句对不起给说出来,然而,他却自己松开了手。

"我不明白,"他声音里不无苦恼,"我只是喜欢你,想和你在一起,哪里做错了?"

他竟然说得如此坦然,李钟灵火气一股脑蹿上来:"你可真是……"

"冥顽不灵"这几个字还没说出口,一直没吭声的姜北言冷不丁出声:"你把我当什么?"

程嘉西露出迷茫的表情,像是不确定他是不是在和自己说话。

姜北言又问了一遍,程嘉西这才回答:"朋友。"

姜北言说:"你偷走我给她的情书,假借我的名义去约萧南,这也是朋友?朋友是被你耍着玩的?是被你利用的?"

程嘉西被问得发蒙,头一次语塞:"我……"

见到他答不上来的模样,李钟灵忍不住在心里给姜北言竖起大拇指——训人还得看我北哥。

然而,李钟灵还没欣慰两秒,就听程嘉西温暾地问:"这算是利用吗?"

他的语气格外真诚,也格外困惑。

李钟灵:"……"

姜北言:"……"

两个无语的人沉默地对视。

姜北言面无表情地攥起拳头,问:"我能揍他一顿吗?"

李钟灵同样面无表情,说:"要不我来?"

程嘉西究竟是怎么长的啊？他不是在他们眼皮子底下一起长大的吗？怎么好好一个乖小孩就长歪成这样了？

两人还没商量好谁来揍这坏小子一顿，程嘉西就又开口了："我做的这些是坏事吗？"

他微微蹙着眉，是真的在疑惑："可是，你们不也做了同样的事？"他看向姜北言，歪了歪头。

姜北言也看着他，隐约有种不太妙的预感。

下一秒，预感成真。

"萧南擅自拿走那些人送给她的信，你去恐吓想跟她告白的人，唔……"程嘉西的话还没说完，就被姜北言连鼻子带嘴一块捂住，但为时已晚。

"姜、北、言……"李钟灵的声音前所未有地低沉。

被喊名字的人僵硬地回头，眼前闪过一道人影，耳朵立马传来熟悉的疼痛。

李钟灵扯着他的耳朵，愤怒开口："你最好跟我解释清楚，这究竟是怎么回事！"

"哎哎哎，疼疼疼！"姜北言疼得龇牙咧嘴，大少爷的形象此刻荡然无存。

"那是初中的时候不懂事，我发誓高中再也没干过这种事！"他竟然还好意思这么说。

李钟灵愤愤地说："我高中也没收到过一封信！"

姜北言无语，耳朵还被揪着："谁高中还写这个啊？"

"有人写的。"程嘉西慢吞吞地出声。

揪耳朵的人，被揪耳朵的人，不约而同地看向他。

他眨了眨眼，像小学生回答问题一样，乖巧地作答："都在我这儿。"

李钟灵："……"

姜北言："……"

短暂的沉默后，李钟灵扯耳朵的手更用力了："姜北言，看看你们干的好事！"

"轻点啊，姐姐！"

"喊我妈妈都没用！"

李钟灵真是气得不行，她总算知道程嘉西这些招数是从哪里学来的了，也知道为什么她从小到大都没收到过一个异性的示好。合着这几个人联手把她的桃花全挡了！别说桃花，这是把桃树都给砍了。

姜北言和萧南也知道自己初中有多幼稚，所以上高中后就没再做过这种事。

程嘉西则是近墨者黑，第一次撞见姜北言干这种事时还担忧地问了句："这样会不会不太好？"结果被告知："只是帮李钟灵这个只看脸不看人品的家伙挡烂桃花。"

从那以后，他就把这种事划入毫无问题的范畴，甚至还青出于蓝——另外两人收手不干这缺德事后，程嘉西一个人默默地包揽了。

好一个姜北言，好一个程嘉西，合着偷信这事，是教会徒弟饿死师父。李钟灵扯着姜北言的耳朵，把他狠狠地教训了一顿。

姜北言这会儿也知道能屈能伸怎么写了,再也不敢跩,老老实实地道歉反思,发誓再也不这样。

李钟灵闻言才消了点气,勉强原谅了他这次,然后又听见旁边一直安安静静待着的程嘉西问:"也可以原谅我了吗?"

李钟灵一个眼神瞟过去:"原谅什么啊,你跟他的性质能一样吗?"

程嘉西目光茫然。

姜北言捂着被扯红的耳朵,恨铁不成钢地"啧"了声:"她让你道歉。"

程嘉西顿悟般点头,朝李钟灵低头:"对不起。"

李钟灵并不接受:"你道歉也没用,你根本就不知道自己错在哪儿。"

这个人的脑回路大有问题,他至今还没觉得自己哪里有错,只是依葫芦画瓢地道歉有什么用?

程嘉西眼里闪过无措,把求助的视线投向姜北言,才把求助信号发过去,李钟灵就强行切断:"你看他也没用。"

被训斥的少年,委屈地垂下头。

李钟灵没有心软,丢下一句"你自己好好想想"就头也不回地离开了。

姜北言看看李钟灵的背影,又看了看愣在原地的程嘉西,叹了口气,拍拍他的肩:"自求多福吧,兄弟。"

程嘉西站在原地,目送他们的背影消失在了巷子拐角。

程嘉西口袋里的手机响了几声,他动作缓慢地拿了出来。

是陌生电话,他想了想,还是接通了。

他没有先开口打招呼的习惯,电话那边的人也没有说话,只有稍有些滞涩的呼吸声传过来,像是在压抑着什么情绪。

程嘉西皱了下眉,正要挂断电话。

对方终于肯出声,唤他:"小西。"

六七年没听过的声音,程嘉西在第一时间就辨认了出来。他骤然睁大眼,铅黑色的瞳孔微微颤抖。

他的呼吸停滞,电话那头的人再次开口:"我是妈妈。"

夏日夜晚,闷热,人容易燥。

往家走的路上,姜北言冷不丁出声:"你真不打算原谅他?"

李钟灵瞥了他一眼——姜北言自己都是一副别扭模样,竟然还有心思帮程嘉西说话。

她嘴角一弯,故意阴阳怪气地说:"气量真大啊,少爷,给情敌当说客。"

姜北言的额角青筋狂跳,咬牙切齿:"我真是倒了八辈子霉才会喜欢你。"

"喂喂喂,有你这么说话的吗?"李钟灵立刻不满地嚷嚷,"好歹我也是你——"她忽然闭了嘴,没再继续怼下去,脸色变得沉重。

姜北言还等着她怼过来后再怼回来,看着她断电似的反应,奇怪道:"怎么了?"

李钟灵像是要确认什么,问道:"你这句话是在开玩笑的吧?"

姜北言一愣:"你伤心了?"

她没说话,只是脸色不太好看。

姜北言以为她真伤心了,有点无措地抬手摸了摸脖子,也不知道这时的补救有没有用:"开玩笑的开玩笑的,我们俩都互损多少年了,随便说说你还认真起来了?"

"我知道你是在开玩笑,但我听了还是很生气啊。"李钟灵说。

姜北言不明白她怎么忽然就认真起来,也怀疑自己这话是不是说得太过。他正琢磨着要不然自己让个步道个歉,转头却见李钟灵的脸上满是悔恨和自责。

"怎么办?"她脸色难看地说,"我也对程嘉西说过这句话,而且不是开玩笑。"

姜北言愣了一下,仿佛一盆冷水浇头,不安的心脏陡然冷了下去。

他把道歉的话咽回肚子里,抿起唇角,说:"你就那么喜欢他?"

李钟灵仿佛被口水呛到,一个劲儿咳嗽。

姜北言不耐烦地戳穿道:"行了行了,别装了,早看出来了。"

那天晚上,他跟她解释书店这件事,她不让他说出程嘉西名字的时候,他差不多就看出来了。虽然说他是有那么一丁点的迟钝,但两人毕竟认识十八年了,这点眼力见还是有的。

姜北言烦躁地挠头,抓乱了刚洗完还没完全干透的头发。

他很想说:"要不然你别原谅程嘉西算了,跟我在一起。"但是他感觉有点不厚道——不,是太不厚道了!

虽然程嘉西那小子也没好到哪里去,但道理不是这么说的,姜北言毕竟是个有原则的人(抛开初中恐吓别人那些黑历史),他程嘉西使坏是程嘉西的事,自己跟他学这个干吗?

姜北言认真地想了想,清了清嗓子,语气颇为郑重:"那个,李钟灵。"

被叫名字的女生侧过头看他,用目光询问他有何事启奏。

姜北言郑重其事地开口:"别原谅他了,跟我在一起。"

姜北言顿了顿,又补充:"我以后再也不骂你,不跟你生气了。"

上次被告白是猝不及防,这次被告白是意料之外。

李钟灵抽搐着嘴角问:"你认真的?"

姜北言点头。

屁的原则,屁的兄弟,有女朋友重要吗?没有。

见他表情认真,李钟灵想了想,说:"你以前贼喜欢的那个手办,脑袋没了那个,你还记得吗?"

姜北言面露困惑,不知道她突然提这事做什么:"记得啊,怎么了?"

那限量版的手办,是他花了两千多的压岁钱买的,而且还是抢购的,一直摆在他卧室,连擦灰时都特别小心翼翼,生怕弄坏了。

他爸做生意拜财神,他考试就拜这手办。

然而某天回家,姜北言却发现自己的宝贝手办被断了头,他妈说是亲戚家小孩拿来玩给摔碎的,把他给气得几天没吃饭。

现在,旧事重提,李钟灵说:"我摔碎的。"

姜北言沉默了，他深吸一口气，然后捂住心脏，说："李钟灵，你、你——"

他闭了下眼，把怒火强行按下去："摔了就摔了。"

他不生气，他心绞痛。

李钟灵惊讶地捂嘴："这都不生气？"

其实不是她摔的，是姜北言家亲戚的小孩摔的，只不过她当时刚好也在他家，所以知道这件事，还特意跟他妈妈强调了这个手办对姜北言有多重要，千万别说什么"就一个玩具"。

姜北言当时气得都绝食了，现在竟然说"摔了就摔了"，实在出乎李钟灵的意料。

难道真是时间太久远？

李钟灵想了想，又说："之前有段时间，你是不是感觉很多女生看你的眼神很不一样？"

姜北言还没从心绞痛里缓过来，捂着心口想了想，问："去年冬天？"

去年冬天，圣诞节那会儿，他总觉得自己身上的视线变得多了起来。虽然他确实有点帅（不是自夸），但那段时间，那些女生看他的眼神跟以前都不一样。

尤其是他和萧南、祁东、程嘉西勾肩搭背聊天的时候，有人还在惊讶，也不知道她们在惊讶什么。

现在，李钟灵说出了实情："我骗他们说你——"

姜北言听完她说的真相，再一次沉默了。

姜北言握紧了拳头，咬牙切齿地挤出一个笑："很好，你还有什么惊喜是我不知道的？"

李钟灵问："你不生气吗？"

"不、生、气。"他几乎是一字一句挤出这句话。

李钟灵愣住了，今天绝对是姜北言这十八年来脾气最好的一天。如果是以前，她不知道自己要被他揍多少次。

姜北言看了她半晌，明白了什么，攥着的拳头脱力般松开。

"你继续。"他说。

李钟灵正皱着眉头冥思苦想，却绞尽脑汁也想不到了，泄气道："没了。"

连这两件事他都不生气，她真没招了。

"继续，"姜北言催她，"随便说一件事，随便什么都行。"

李钟灵莫名其妙地抬头看他，却见他脸上不是开玩笑的表情，也没有在生气，而是……

"说吧，"姜北言轻声说，"这一次，我会生气。"

他已经知道她想方设法地要激怒他的原因了。

李钟灵看着他，抿着的嘴唇动了动，收起开玩笑的心情。

"对不起，我不会和你在一起。"

她没再笑，说自己会生气的姜北言却笑了，用食指在她的额头上弹了下："连我都看不上，是不是眼瞎啊？"

或许吧，她不喜欢他。

李钟灵印象中的姜北言总是看她不顺眼，所以她从来没想过姜北言会喜欢自己。

高考后竹马偷亲了我一下

他们是打从娘胎里就被迫认识的关系，她的妈妈和姜北言的妈妈一块儿看电视的时候，在孕期订下和电视剧里一样老套的约定：生下来都是男孩就拜把子，都是女孩就义结金兰，一男一女就订个娃娃亲。

大人们随口的一个玩笑，可把她和姜北言给害惨了。

还没上幼儿园，她和姜北言就总被小伙伴们起哄嘲笑，说他们俩以后要结婚，玩什么游戏都必须把他们分在一块。她烦得不得了，姜北言更烦得不得了。

姜北言是个胜负欲很强的人，不止一次嫌弃她玩游戏拖后腿，总害他输掉。

李钟灵也是个自尊心很强的人，总是被姜北言嫌弃，她很快就受不了这委屈了。于是，她选择主动退出，不再跟他玩，也不再跟那一帮小伙伴们玩。

"我今天不去玩了。"在小伙伴们又一次来喊她出去玩的时候，李钟灵拒绝了邀请。

小伙伴们问："为什么啊？"

李钟灵看了眼小伙伴身后的姜北言，下巴往上一扬，嘴巴往下一撇，眼睛看天鼻孔看人，像个小大人一样抱着手臂说："我要帮我妈妈看店。"

小伙伴们信了这话，在李钟灵连续几次拒绝后，渐渐地不再来喊她一块玩了。

后来连陈美玉女士都问她："怎么最近都没见你出去玩？天天在家看电视。"

"跟他们玩太没劲了,"李钟灵当然不会说实话,"电视比他们好看一百倍。"

陈美玉看不得她小小年纪就天天趴电视机前,扬手打了下她的屁股:"整天就知道看电视,还跟小北说我天天让你去看店,小北今天都来问我了,让我放你出门玩。"

李钟灵还在生姜北言的气:"我才不想跟他玩,我要看电视。"

陈美玉女士二话不说就关掉了她的电视,还没收了遥控器。

李钟灵憋屈地喊:"妈妈!"

"小北妈妈买了肯德基,喊你去她家吃,你去不去?"

"去去去!"

托肯德基的福,李钟灵每次吃全家桶的时候总能想起这件事。

那时李钟灵还小,并没有多想这件事。长大之后,她偶然想起,渐渐回味,似乎那天她去姜北言家吃的第一个炸鸡腿,是姜北言递给她的,也是从那一天开始,她重新回到队伍里,只是玩游戏分组的时候,她不再是和姜北言一组。

"姜北言是个别扭又帅气的家伙。"

这是李钟灵以前在班花口中听到的评价,那时她受班花所托去给姜北言送信,但因为自己的粗心大意,信没送成,班花给的零食她倒吃了不少。

她对班花感到愧疚,隔三岔五就给她送点小零食以表歉意,渐渐地,她和班花熟络了起来。

"真不理解,你们为什么都这么关注他?"李钟灵发自内心地疑惑。

"他长得很帅呀。"班花笑了笑。

"萧南也长得帅啊,还很温柔。"

《流星花园》当时正流行,李钟灵是花泽类的忠实推崇者。她喜欢温柔的花泽类,所以也对像花泽类一样温柔的萧南爱屋及乌。

但班花显然更喜爱道明寺:"我还是更喜欢别扭又帅气的家伙。"

班花说,她关注到姜北言的契机是在走廊里的一次相遇。

她是英语课代表,英语老师会让学生每天听写单词,亲自批改,所以她总是要抱着一堆作业本在办公室和教室来回跑。

有一次她抱着作业本回教室的时候,被在走廊里打闹奔跑的男生不小心撞到,作业本落了一地,姜北言正好路过,帮她把作业本捡了起来。

"就因为他做了好事?"李钟灵不理解,"要是我路过也会帮你捡啊。"

班花摇摇头:"不只是这样。"

李钟灵问:"那是因为什么?"

"嗯……因为一个笑。"

"一个笑?"

嗯,因为一个笑——一个并不是对她的笑。

在姜北言帮她捡作业本的时候,班花很感激地同他道谢,但对方并没有什么反应,像是没听到一样。待作业本捡完,她却冷不丁地听见了一声嗤笑,似乎很不屑。

班花悄悄抬眼，瞧见男生正低头看着手里拿着的某一本作业，像是随手翻了一页就被里面的内容笑到了，有种不忍直视的模样。

他弯起漂亮的唇角，吐出一个并不友好的评价："真菜。"

话语近乎刻薄，可她却看愣了。那一刻，她只觉得他笑起来真好看，贱贱的样子真好看，就连刻薄的样子也好看。

李钟灵对此叹为观止："一定是别人都对你太好，所以你觉得姜北言的贱和毒舌很稀奇。"

班花没有跟她辩论，耸耸肩："也可以这么说。"

顿了顿，班花又问，"你真的从来没觉得姜北言很帅吗？让人心动的那种帅？"

李钟灵毫不迟疑地使劲摇头，都快把脑袋摇成了车载娃娃："没有没有没有。"

她和姜北言就差穿一条裤子长大，对方所有的狼狈样子都见过，她对姜北言那张脸早就没任何感觉。她没有对他心动过，但被他感动过——不过也就只感动了几秒钟。

那是在初二的时候，李钟灵有一次去陈美玉女士的店里帮忙，在路上遇到两个混混，她被他们堵在路上，要她拿钱给他们买烟，简而言之就是勒索。

钱对李钟灵来说是比命还重要的东西，她当然一分都不愿意给。态度强硬的结果就是，李钟灵不仅钱包被抢走，还挨了一巴掌。

她的脸上有巴掌印，不敢回家，跑去找姜北言收留，姜北言问她发生了什么，她毫无保留地告诉了他。

129

姜北言沉默了一晚上，第二天李钟灵再见到他，发现他挂了一脸的彩。

还没等她问发生了什么，姜北言就扔过来一个东西。

李钟灵接住一看，正是她的钱包。

她立刻明白姜北言干了什么，他这身伤又是怎么来的。

李钟灵几乎都要哭了，那一刻，她感觉姜北言太伟大了，竟然为了她去把钱包给抢回来了。她感动的泪水说来就来，结果姜北言恶狠狠地骂了她一通，昨天沉默时咽下的气，这会儿火山大爆发。

"你傻吗？他们要钱你直接给他们不就得了？我还以为你这钱包里有几百几千。五十块钱！就为五十块钱挨个巴掌，你说你是不是傻？"

李钟灵被骂得毫无还嘴之力，虽然姜北言帮她把她的钱包抢了回来，她仍旧是感动的，只是没有那么感动了。

那些消失的感动变成了沉重的难过。

她没觉得姜北言哪里说错了，因为他是真的觉得五十块钱不多，甚至不够他买个游戏皮肤。

但她也没觉得自己哪里有错，因为五十块钱，对她来说真的很多，很多。

李钟灵没想到程嘉西竟然开启了厚脸皮模式。

自从那天晚上被她抓住后，他开始正大光明地坐在便利店里守着她。他还是和之前一样，戴着顶棒球帽，安安静静地坐在角落里，拿着纸笔写写画画。

李钟灵猜，他又在画她打工人的一天，于是有时候打哈欠打到一半，就开始不自觉地注意形象。

　　李钟灵也不是没试过去把他赶走，结果人才走到那边，少年就偏头看过来，用湿润又无辜的眼睛望着她，等着她发话。

　　她发什么话？

　　被他用这样可怜的眼神看着，李钟灵什么赶人的狠话都讲不出，只能强行转弯，无视他，假装是去整理货架。

　　他爱在这待着就待着吧，她无视就好了。

　　李钟灵自我催眠这个人不在，偏偏有些事情就发生在眼皮子底下，她无法忽视。

　　比如现在，她站在收银台后面，眼睁睁看着一个卷发女生朝程嘉西走过去，手里拿着手机，脸上带着笑意——标准的搭讪要联系方式的架势。

　　过去的阴影让程嘉西对陌生女性的靠近感到紧张，他下意识地坐直身体，搭在桌上的手臂往自己身前移，和对方保持着他能接受的安全距离。

　　他没说话，只是在女生递出手机后摇摇头。

　　卷发女生没要到联系方式也没气馁，顺势在他旁边的椅子上坐下，侧着身体，转头看他，托着腮跟他搭话。

　　她声音不大，李钟灵站在收银台根本听不清他们交谈了些什么，只看见程嘉西听完后竟然抿唇笑了，还把手里的画本给她看。

　　李钟灵的后槽牙都要咬碎了，程嘉西当着她的面和别的女生聊这么开心，这可真是太妙了！

不，她气什么？有什么好气的？就算没有这个女生，她和程嘉西也没可能在一起，她妈妈和程叔叔……一想起陈美玉和程嘉西爸爸的事，李钟灵的心情就又变得沉重了起来。

那天晚上，她妈妈说自己不打算和程嘉西的爸爸在一起了，让她放手去找程嘉西，说明她妈妈已经看出来她喜欢程嘉西了。

如果是因为她，让她妈妈做出这种决定，那她这辈子都不能原谅自己。

没有什么比妈妈的幸福更重要。

一瓶矿泉水递到了她的面前。

李钟灵抬头，对上那双清澈干净的眼睛。

坐在窗边的卷发女生不知道什么时候离开了，李钟灵往那边扫了一眼便收回视线，接过矿泉水，面无表情地给他扫码结账。

"聊天聊得口渴了？"她到底没忍住，阴阳怪气地内涵了一句，连她自己都听得出这话有多酸。

程嘉西却眨了一下眼，像是没听懂什么意思，发出轻轻一声："嗯？"

"我在自言自语。"李钟灵冷漠地说完这句话，又挂上没有感情的营业微笑，"收您两元，请扫码结账，谢谢惠顾。"

她巴不得他赶紧走。

程嘉西不慌不忙地扫了付款码，转身往窗边位置走，却没把矿泉水拿上。

李钟灵拿起矿泉水提醒他："你的——"话说一半，她看见水瓶白色瓶盖上画着一个看起来不太聪明的吐舌头鬼脸。

她愣了一下。

少年在这时转身，双手手指张开举在两颊边，歪脖子斜眼睛吐舌头，朝她做了个和瓶盖上一模一样的鬼脸，甚至更传神。

死一般的寂静划过他们头顶。

寂静了多久，李钟灵就屏住了多久的呼吸。

这人在干吗？

仗着好看就这样胡乱用脸吗？

程嘉西是突然被什么搞笑艺人的鬼魂附身了吗？

李钟灵深吸一口气，垂在身侧的手把大腿都快掐紫了，才堪堪绷住脸上的淡定，若无其事接地上刚刚未说完的那句话："顾客，你的水忘记拿走了。"

她竟然没有一点反应。

程嘉西肉眼可见地失落。

这是刚刚那个女生看到他的画本，得知他在陪着被他惹生气的李钟灵后，帮他出的哄人主意，但好像毫无作用。

程嘉西耷拉着眉眼，垂头丧气地走了过去，拿回水，坐回窗边座位。

李钟灵看着他坐回去，低头看了眼鞋子，用不大不小、刚好能被程嘉西听见的声音，故作抱怨地嘟囔："哎，我鞋带怎么松了。"

那边的人没反应，她蹲下去系鞋带。

午后的便利店因为人少而稍显宁静。

收银台后，鞋带并没有松开的人捂着嘴，忍笑忍得连肩膀都在抖。

CHAPTER 07

我绝对不能没有空气

小西对我来说，就像是空气

可是我啊，绝对不能没有空气

等一个喜欢的人来找我，是很高兴的事

他竟然让她去勾引程嘉西

高考后竹马偷亲了我一下

晚上八点多的时候,便利店迎来了几个不速之客,其中一个打了唇钉的男生认出了李钟灵。

"这不是李钟灵吗?"男生撑在收银台边,吊儿郎当地跟她打招呼。

李钟灵没认出他:"你是?"

"我啊,以前住你家楼下的。"

男生报出自己姓名,李钟灵这才想起来,眼前这位是她以前的小学同学,也是曾经带着其他小孩丢石头骂她克星,然后被陈美玉女士拎着菜刀找上门骂了一顿的那个讨厌鬼。他后来搬了家,便再无往来。

对方对她的态度和以前一样恶劣,这会儿,他脸上带着并不友善的笑意调侃她:"怎么混成这样?沦落到这种地方打工?"男生还说自己认识开酒吧的朋友,要不要给她介绍一份更赚钱的工作,还问她酒量怎么样。

他身后的几个男生跟着嬉皮笑脸地说了几句不堪入耳的荤话,拿了盒东西放在收银台,还约她今晚出去玩玩。

李钟灵面无表情地听着,眼尖地瞥见窗边的少年沉着脸站起来，小幅度地冲他摇了摇头。

程嘉西握紧拳头，但还是听话，没有动作，只是紧紧地盯着她这边。

"想约我出去玩？可以啊。"李钟灵微笑着注视眼前的人，"我妈刚好在家说无聊呢，要不我把她也叫上？"

陈美玉女士给男生的冲击太强大，她举着菜刀咆哮的样子，可以说是他的童年阴影，男生的脸色变了变，讪笑着婉拒。

李钟灵在心里冷哼了声，算你识相。

被人这样调戏，她也不是不生气，但她现在还在上班，不想惹事，不然这个月就白干了，说不定连这份工作也会丢。她现在不比小时候，这种程度的调戏，已经没资格让她当回事了。

男生带着同伴去旁边抽烟，程嘉西朝她走过来，眼神沉着，薄唇紧抿，脸色很差。

李钟灵也顾不上正在跟他冷战，压低声音叮嘱他："他们只是开玩笑，你要是搭理，反而会把事情闹大，别冲动，知道吗？"

程嘉西紧抿着唇，点点头。

见他听话，李钟灵松了一口气，还好程嘉西不是姜北言那种性格，如果姜北言在这，肯定不管三七二十一直接冲上去，到时候闹出的烂摊子，还得她收拾。

程嘉西把画本和笔，还有那瓶没喝的矿泉水，都放上收银台，推到她的面前。

李钟灵疑惑："干吗？"

"送你的。"

李钟灵不解,又听他说:"我明天不来了。"

她愣了一下,还没来得及多问什么,少年就推开便利店的门走了,毫不留恋。

李钟灵后知后觉地回过神来的时候,他的身影已然不见。

她低头,看着矿泉水瓶盖上那个滑稽的鬼脸图案,想起他下午的鬼脸,想起他整天的陪伴。

刚刚她被人嘲讽,被人调戏,都没能产生一丝波澜的心脏,这一刻,却忽然塌软了。

程嘉西走出便利店后,并没有回家,而是在便利店不远处的路边站着。

这里是收银台的死角,李钟灵看不见。

夏夜潮热,空气沉闷,飞蚊一如既往地扑向路灯。

程嘉西在外面站了十几分钟,终于等到那几个人从便利店走出来。

程嘉西不声不响地跟在他们的身后,听着他们对国家大事指点江山,对政治时事高谈阔论,又对身边的女性品头论足。

终于,他们走到了离便利店足够远的地方。

程嘉西加快脚步,追上其中一人,拍了拍对方的肩膀。

刚刚调戏过李钟灵的男生回头看过来,用鼻孔对人,没好气地问:"你谁啊?"

昏黄的路灯下,程嘉西弯了弯眼睛,朝他笑了笑。

下一秒,拳头挥上了他的嘴角。

爱情，还在幼年时期的程嘉西，不止一次听母亲提起这个词。

彼时他还不懂这个词所代表的含义，于是向母亲请教，得到的回复是母亲脸上甜蜜的笑，可真正的答案却始终朦胧。

父亲生意繁忙，常常需要全国各地飞，因此程嘉西的成长几乎都是由母亲陪伴的。

母亲是小有名气的钢琴演奏家，在乐团工作，会经常带他去看她的演出，在家里手把手地教他弹钢琴。

父母的爱情故事，程嘉西从母亲口中听过很多次。

父亲无意中从朋友那里得到一张音乐会门票，他原本对音乐没有兴趣，也并不打算去，那日却恰好生意谈判失败，于是临时起意去参加了。结果，父亲见到在台上演奏的母亲后，便一见钟情了。

沉默寡言又不善言辞的父亲，是如何追到把浪漫刻在骨子里的母亲的？其中过程，被母亲一遍又一遍地复述着。

爱情，在程嘉西还没完全弄明白这个词汇所代表的含义时，就清楚地认识到这是母亲对父亲的感情。

只是后来他也知道，原来这种东西和开了封的食物一样，还有保鲜期。

保鲜期过后，母亲便向父亲提出离婚。

她忍受不了丈夫的枯燥，尽管她曾经说这很令人安心；她忍受不了丈夫的寡言，尽管她曾经说安静是他最大的优点；她更忍受不了丈夫一年有四分之三的时间不归家，尽管她曾经说他是为了让他们过上更好的生活。

父亲没有答应，他们开始争吵。

高考后竹马偷亲了我一下

母亲砸坏了父亲最爱的花瓶，砸坏了自己最爱的钢琴，从楼上吵到楼下，家里一片狼藉。

同一年，母亲演出的观众席上多了一个常驻的陌生男人，他经常捧着一束花，或许是玫瑰，或许是百合。母亲归家的次数，带程嘉西去看她演出的次数，都在渐渐减少。

家里楼下的大厅，程嘉西一个人坐在钢琴前面发呆。

后来父亲做生意失败，公司面临大危机，在几次激烈的争吵后，父亲终于同意离婚。

母亲没有带走程嘉西，程嘉西亲眼看着她拖着行李箱，坐上了那个男人的车，然后扬长而去。

她没有回头，程嘉西也没有像电视剧里演的那样，撕心裂肺地叫喊着让她回头。

他只是一如往常地，安静地看着那辆车消失。

他像一只行动很慢很慢的蜗牛，直到家里的东西被清空，几天后，才后知后觉地感知到母亲的离开。

他给母亲打过电话，母亲在电话里嘱咐他好好吃饭，以后有时间会去看他。

这应该不是承诺，因为承诺是无论怎样都会想办法履行的。但直到他们搬家这天，程嘉西也没再见过母亲一次。

母亲的电话也打不通了，他只听父亲提起过一次母亲，说她已经再婚，刚生下一个女儿。

"去死吧。"

听到这样的消息时，程嘉西平静地说了这样一句话，这也是当年母亲和父亲争吵时，说得最多的一句。

父亲的眼里闪过震惊，以为自己听错了，问他刚刚说了什么。

程嘉西则像大梦初醒般茫然地回望，反问："我刚刚有说什么吗？"

男人疲惫地揉了揉眉心："可能是我最近太累，听错了。"

程嘉西对自己说过的话有印象，他很像自己的父亲，沉默寡言；也很像母亲，会有一些恶毒的想法。

比如对把他丢下的母亲，比如对那个刚出生的妹妹，比如对这样不被人需要的自己。有时候，程嘉西会在心里默念："去死吧，去死吧，都去死吧。"

只有这样，堵在他心里的气才会稍微舒畅一些。

或许，这样的诅咒念的次数多了，就真的会在现实中灵验。

时隔七年，母亲再联系他，在电话里局促地向他问好，打听他的近况，原因是他同母异父的妹妹患上了白血病，亲生父母的骨髓匹配不合格，于是便找到了他，不愿放过一丝的可能性。

电话这边，程嘉西平静地问："为什么？为什么我要救她？为什么你会觉得，我会救她？"

漫长的沉默后，母亲在电话里带着哭腔哀求他。

程嘉西挂断了电话。

程嘉西说到做到，他真没再来便利店了。

第一天，李钟灵觉得无所谓。

第二天，李钟灵猜他或许是有事。

第三天，李钟灵想着他或许还没办完事。

第四天，李钟灵看门口的次数变多。

第五天，李钟灵已经开始郁闷了。他们几个人的聊天群里，程嘉西也没有发过言，虽然他以前也不怎么在群里说话。

这是又跟她闹失踪，还是冷战？

李钟灵越想越郁闷，越郁闷越忍不住想。

在程嘉西消失的第七天，李钟灵第七十次忍住去他家把人揪出来的冲动，却被陈美玉女士耳提面命，要李钟灵把她刚煲好的骨头汤带给程嘉西。

"为什么要我去？我不去。"李钟灵鲜少在陈美玉面前耍性子，这次却不乐意了。

陈美玉擦了擦手，从厨房出来："你还跟小西吵着架呢？还没和好？"

她还以为他们俩那晚就说清了。

李钟灵往长沙发上一坐，侧躺缩在沙发上，拿起遥控器开电视换频道，用沉默拒绝回答这个问题。

陈美玉走过去，拍了拍她的屁股，让她让一个位置出来，然后坐她旁边："还闹别扭呢？"

"没有。"李钟灵口不对心。

陈美玉就知道她会这么说，故意激她："你这么不想跟小西和好，要不然跟小北谈对象算了。"

李钟灵立刻坐了起来，又是生气又是无奈："陈姐，您怎么老想着撮合我跟姜北言啊？我们俩就差穿一条裤子长大了，我要喜欢他,早跟他在一起了,还等到现在?"

陈美玉点点头:"那你是承认你不跟小西和好,是因为顾忌我?"

内心的想法一下就被套出来,不愧是亲妈。

李钟灵也没否认,别扭着开口:"反正他这事就是做得不对,您孤家寡人这么多年,好不容易有个处得来的程叔叔,程嘉西他非要掺和进来,把你们拆散,算什么事?"

就算是因为他喜欢她,就算她也喜欢他,她也一点都不赞同这种做法。

这实在是太自私了。

"你这怎么把我跟你程叔叔说得跟什么苦命鸳鸯一样?"陈美玉好笑地说,"我跟你程叔叔好着呢。"

李钟灵面露惊讶,却又听她补充:"当然,是朋友那种好。"

这绝对是安慰。

李钟灵垮下脸。

她什么情绪都写在脸上,陈美玉笑得无奈,摸摸她的脑袋,说:"我和你程叔叔分开,不是你和小西的原因。"

确实,在两个孩子上高中的时候,她和程嘉西的爸爸互相有了好感。当时他们也是想着等两个小孩高考完,再告诉他们这件事。

只是,他们的感情没能维系到李钟灵和程嘉西参加完高考。

当朋友的时候不会怎么在意的事,做恋人时却会变得尤为在意。

首先，是经济差距。程嘉西爸爸的生意最近几年越做越大，这是好事，但在恋人关系里，这就会对另一半产生无形的压力，尤其是他们这种比起感情，不得不更看重物质的成年人。

陈美玉虽然不富有，但骨子里是骄傲的。她尽量让自己在这方面不自卑，差距却体现在方方面面，有收到贵重礼物时的局促，也有在花钱如流水的场所约会时的尴尬。

其次，是思想差距。在李钟灵刚读高三的时候，程嘉西的爸爸就向陈美玉透露过自己过几年想要移民的意向，说是征求她的意见，其实也是变相暗示。

在此之前，陈美玉从没想过出国。

也就只有晚上偶尔和李钟灵一起睡觉，闲聊时，跟自家女儿说以后等她考上好大学，参加工作，赚了钱后，带她这个老妈出国见见世面。

李钟灵上一秒满口答应，下一秒呼呼大睡。

听到对方移民的想法时，陈美玉在脑海中设想了一下那会是什么样的生活，但她想象不到。

这两个差距，是陈美玉和程嘉西爸爸分开的根本原因。

尽管如此，她还是不希望李钟灵和程嘉西在一起。

程父要移民，程嘉西也会出国，那李钟灵呢？

中年人要考虑的现实因素太多太多，哪怕直到那天晚上，程嘉西和陈美玉点明了，她不喜欢他，不同意他和李钟灵在一起，陈美玉也还是在劝程嘉西放弃："小西，以后你还会遇见更多更好的人，不一定非得把时间浪费在钟灵身上。"

"再多再好的人,也只有她是李钟灵。"少年如是说。

陈美玉觉得他太执着,却不想他对李钟灵已经不仅仅是执着。

"我不会拦着你和我爸爸在一起,也不会拦着李钟灵和其他人在一起,我对我自己的坚定程度有信心。我会一直等,等你们分开,等她和其他人分开,那个时候,应该就能轮到我了吧。"

他扬起一抹笑,就像最天真无邪的小孩,漂亮的眼睛弯成月牙的形状,盛满对未来的期待,却教人看得胆寒心战。

"我喜欢她,等一个喜欢的人来找我,是很高兴的事,不是浪费时间。"

陈美玉无话可说,她原本是想去质问,为什么他就笃定她和自己的爸爸,李钟灵和别人,就一定走不到最后?后来她想了想,程嘉西不是笃定他们走不到最后,而是更确信自己能坚持到最后。

这是少年时期才会有的赤诚,不掺任何杂质和顾虑的喜欢——也许这辈子,就这一次。

李钟灵沉默地听着自家母亲的复述,喉头渐渐发涩。

她早该知道的,程嘉西那样聪明的人,怎么会看不出她喜欢他?但他从来都没点破。

他之所以假装不知道,是因为早就看出来她心里的第一顺位、第一选择一定会是她的妈妈,而他心甘情愿排在后面,再后面,最后面。

陈美玉轻叹了口气:"原本我是真的不看好你和小西,他是个心思深沉的孩子,你又这么缺心眼,他想拿捏你简直太容易了,所以我也是真的担心你在他那里吃亏。但这种事情,我看不看好,又有什么用呢？这是你们年轻人之间的事，选择权也该交给你们自己。"她用指腹擦掉李钟灵眼角的泪水，拍了拍她的脑袋，鼓励道，"去吧，去找小西，他刚出院回来，带着骨头汤，去跟他好好谈谈。"

"出院？"李钟灵抹了把脸，顿时慌张，"他、他怎么了？"

陈美玉也察觉到自己说漏了嘴，连忙捂住嘴，装傻："我刚刚说什么了吗？"

"妈！"

像那晚一样，程家的门铃再一次急促地被摁响。

李钟灵站在程家门口，着急得就要用手去捶门，又怕吓到屋里的人。

大门被人从里面打开，少年站在屋内，看见她时，脸上闪过一丝慌张。

他下意识地往后退了半步，将还没有完全恢复的脸撇到另一边，但为时已晚。

李钟灵上一秒还在心里想着，要怎么好好骂他一顿，去捐献骨髓这么大的事，竟然一点都不告诉她，就一声不吭地跑去了另一个城市住院。

但这一秒，当她看到他脸上的瘀青时，嘴边的话就变了："你打架了？你跟谁打架了？"

"磕……磕的。"

一贯处变不惊的少年，此刻说话竟然磕磕巴巴的。

"程嘉西!"这时候他还狡辩,李钟灵气得连名带姓叫他,也不理会他还堵在门口,强行挤开他,进了他家的门,把装着骨头汤的保温盒往茶几上一放,叉着腰,横眉竖眼地命令他,"给我过来!"

蜗牛开始挪动。

他挪动得实在是太慢了,李钟灵等得不耐烦了,一个箭步冲到他面前,还没等她开口,他先低头认错:"对不起。"

预想中的呵斥并没有响起,他受伤的脸被人捧住。

程嘉西惊愕地抬眼,对上一双蒙了水雾和盛满心疼的眼睛。

"疼不疼啊?"她声音很轻地问,尽管很轻,却还是被他听见压抑的哭腔。

程嘉西眨了眨眼睛,像小孩子邀功一样,小声又骄傲地跟她说:"我打赢了。"

李钟灵笑出了眼泪。

"还说是磕的。"谁找他打架呀。

"磕到人拳头上了啊?"这个少年,千里迢迢跑去给一面都没见过的妹妹捐骨髓,还瞒着她。

"傻不傻呀?"他真是个傻子。

程嘉西弯起眼睛,捧着她的脸颊,拇指的指腹蹭去她的眼泪,俯身朝她靠近,额头贴上她的额头:"那我也赢了。"

高考结束那晚,程嘉西是最后一个被李钟灵叫去谈话的。

明明跟另外两个人都说了半个多小时,却只跟他说了两句话。

可结束的时候,程嘉西却是最开心的。

"小西对我来说,就像是空气,存在感好弱,总是忘记你还在。

"可是我啊,绝对不能没有空气。"

嗯。

我知道哦。

我也喜欢你。

李钟灵坐立难安。

她不确定自己现在是不是和程嘉西在一起了。

那天去程嘉西家后,程嘉西跟她道了歉,她也原谅了,然后,就没有然后了。

她知道程嘉西喜欢她,而程嘉西也一定知道她的心意,但是程嘉西没有告白,她也没有告白。

所以,这到底算不算在一起呢?

"所以,把我喊出来就是为了跟你探讨这个问题。"萧南的笑容十分不善,"您不觉得这对我来说有些许残忍吗?"

李钟灵一本正经地胡说八道:"这是在帮你脱敏,毕竟咱们还是要接着做朋友的。"

萧南冷笑一声:"你怎么不去帮姜北言脱敏?"

那当然是因为她拒绝了他,现在还觉得怪尴尬的。

李钟灵被他的话噎了一下,又厚着脸皮振振有词道:"长幼有序，你年纪大你先来。"

几人里最年长，但也就只有此刻能享受到"年龄优待"的萧南，嘴角抽搐道："先是被你拒绝，再被你当成免费恋爱顾问，现在还要被你说年纪大，李钟灵，我谢谢你啊。"

李钟灵拿起装着冰镇西瓜汁的玻璃杯跟萧南碰了碰："不必客气，这顿你请。"

萧南："……"

他真是好久都没见过脸皮这么厚的人了。

萧南摇了摇头，咂舌道："喜欢与不喜欢真的很明显，你对我能这么肆无忌惮地口出狂言，怎么对程嘉西连问都不敢问一声？"

李钟灵严肃着脸，为自己狡辩："这是两回事。"

这确实是狡辩。

自从那天从程嘉西家回来后，她面对程嘉西忽然就觉得非常不自在，仿佛回到刚发现自己喜欢上他的那段时间。

而程嘉西呢？对她还是和以前一样，既不疏远也不亲近。

她去便利店兼职，程嘉西就乖乖地在店里陪她，但也只是陪着，即便走在路上，也保持着和以前一样的距离——他们既没有牵手，也没有做其他亲密举动。

这就更让李钟灵不明白了，他们这究竟算不算在一起？

萧南懒洋洋地托着腮，十分敷衍地提议："我的建议是直接问。"

李钟灵给了他一个白眼："我要是好意思开这个口，还能来找你？"

萧南另一只空闲的手朝她伸过来，掌心朝上，索要跑腿费："给我两百块，我帮你开这个口。"

李钟灵果断拒绝："要我的钱不如要我命。"

她当家教讲到嗓子疼要吃西瓜霜，一天也赚不到两百块，怎么可能在这种事上花钱？

萧南想了想，又说："另一个不用直接开口问的办法，你去……"他说一半就停住，吊足人胃口。

李钟灵忙问："去什么？"

萧南意味不明地看了她一眼，十分夸张地叹了口气，面露不忍道："我不太好意思说，怕教坏小孩。"

李钟灵看穿了他的套路，到底还是选择拿出手机，忍痛给他发了个六十六元的红包——她做家教一个小时的时薪。

她面无表情道："现在可以说了吗？"

萧南立刻朝她招手："耳朵过来。"

萧南的办法简单粗暴，也是真的会带坏小孩——他竟然让她去勾引程嘉西，让她假装不经意地去亲程嘉西一下，由她负责创造事故，剩下的故事就让被亲的程嘉西负责续写。

李钟灵提问："怎么个假装不经意法？"

萧南答："去看几部陈美玉女士最爱的肥皂剧。"

李钟灵无话可说。

疯了，真是疯了，萧南真是疯了才会想出这个办法，而她也真是疯了才会真的听话去照做。

她的第一步，是约程嘉西见面。

时隔一年多，李钟灵再次穿上裙子。

她约了程嘉西今天去看电影，一大早就起床，给自己好好地打扮了一番，大功告成后又立刻否决了像花蝴蝶一样的自己，拆掉多余的装饰，伪装成看不出精心打扮过的模样。

即便是这样，她看起来也还是比平时精致了不少。

李钟灵暗戳戳地猜测，程嘉西是不是会像偶像剧里演的那样，男主角看到打扮过的女主后，就眼睛睁大，嘴巴张开，露出"这平时平平无奇的女人竟然能这么漂亮"的夸张的、被惊艳到的表情？

但很遗憾，是她想太多。

程嘉西不仅没露出被惊艳到的表情，甚至连一秒钟的惊讶都不曾有，看到她就像平常一样，朝她弯起眼睛，笑得柔和又腼腆。反而是李钟灵在看到他的时候，被他的亮眼惊呆了。

最简单的白T恤居然被他穿出了清爽感。这件衣服她以前见他穿过，穿这件衣服的人，她也是从小看到大，但是好奇怪，怎么偏偏就今天感觉他帅得更突出了呢？

让她都有点……不好意思了。

见她一直盯着自己，程嘉西问："怎么了？"

"没……没什么，走吧，去地铁站！"李钟灵立刻挪开视线，嗓门和心虚程度成正比。

工作日的上午，地铁里的人并不多，李钟灵和程嘉西并排坐在长椅上，两个人中间的距离还能再坐半个人。

李钟灵坐得格外端正，双膝并拢，双手放在大腿上，背也挺得笔直。

她从对面玻璃窗的倒影中暗中观察程嘉西。他倒是挺放松，身体微微后仰靠在椅背上，双臂自然垂在身侧，目不斜视地坐着，仿佛身边没她这个人。

李钟灵越想越觉得奇怪：他不是很喜欢她吗？坐在喜欢的人旁边，还能这么淡定？

大庭广众之下，她还不能实施萧南的馊主意，装作不小心发生事故去亲他——脸皮再厚，她李钟灵也是要脸的。

但她可以改良一下方式再实施。

李钟灵用余光瞥了一眼程嘉西放在两人中间的右手，先确定他手的位置，再假装不经意地抬起自己的左手，做了个给脖子挠痒的动作虚晃一枪，最后，再假装不经意地垂下左手，放在两人中间的椅子上，小拇指刚好与他的小拇指相触。

她不动声色地观察着程嘉西的反应，他是会红着脸害羞地缩回手，还是会大着胆子顺势牵上她的手？

一秒，两秒，三秒……半分钟过去了。

很好。

程嘉西没有任何反应。

李钟灵几乎要咬牙切齿了——被喜欢的人摸了手，他竟然一点反应都没有？他是木头吗？！

她索性偏过头瞪他。

察觉到她的动作，程嘉西也转过头来看她，清澈的眼神透露出一丝疑惑，无声地询问着有什么事。

"……没事。"李钟灵别扭地偏过头，憋屈地咽下这口气。

她才不会主动去问他为什么不牵手。

谈恋爱这事，谁先主动谁就输了！她要占上风，她要狠狠地拿捏程嘉西！

可他到底是什么意思，这都不牵手？他到底是不是喜欢她？他是不是还不想跟她在一起？

李钟灵胡思乱想了一路，直到电影开场，都还在纠结。

电影是她选的，一部男主角很帅，特效也很好的外国科幻片。

她总觉得只有在电影院看这种有特效的电影，才能值回票价。像什么爱情片啊，喜剧片啊，等网站上线，在家用电视看看得了，省钱又省事。

不过今天，李钟灵感觉这电影票的钱花得一点都不值——虽然是程嘉西买的票。

电影开始了快半小时，她的心思却完全不在电影里。除了第一眼看到戴着耳钉的男主角很帅，注意力便一直在前排的两个人身上。

坐在她前排的是对年轻男女，看情况还是刚交往没多久或者还没确定关系，正在暧昧中的男女。

因为男生的心思也完全没在电影上。

李钟灵看着他悄悄把手臂抬到女生身后的椅子背上，一会儿又缩回来，一会儿又伸出去，连手指都小心翼翼且挣扎，想搂又不敢搂，想碰又不敢碰，看他的小动作简直比看电影还有趣。

如果是往常，李钟灵肯定会觉得这个人很搞笑，还会叫上程

153

嘉西一块来看热闹。但是今天，她微妙地和这个小心翼翼的男生共情了，甚至比他还憋屈。

人家小情侣看电影的时候做的小动作虽然搞笑，但甜蜜得很，不像她和程嘉西。

李钟灵扭头看向身旁的男生，荧幕的光在他俊朗的侧脸闪烁，他目不斜视地盯着电影荧幕，表情认真得像在上网课。

不，她上网课都没这么认真过！

李钟灵的心凉透了，这位兄弟是真来看电影的啊，单纯地看电影。

程嘉西似乎察觉到她的视线，目光终于离开荧幕，朝她看过来，微微倾身，斜向她这边，声音压低："怎么了？"

李钟灵很想咬牙切齿地说没什么，结果余光瞥见自己怀里的爆米花，她忽然计上心头——这是个好机会！不如就趁他在拿爆米花的时候故意抓住他的手，看他到底是什么反应。

与地铁里矜持地碰一下小拇指不同，这一次，她要把他整只手都抓住。

说干就干，李钟灵把爆米花桶往他那边递了递，小声问："吃吗？"

程嘉西轻轻摇头："谢谢，不用了，你吃吧。"

李钟灵："……"

沉默几秒后，李钟灵面无表情地下了死命令："不行，你必须吃。"

程嘉西有些茫然地眨了眨眼，不明所以。

李钟灵继续面无表情地拜托他帮忙："我吃不完，扔了浪费，你帮忙吃点。"

程嘉西轻轻"哦"了声，乖乖地从桶里拿了一些爆米花开始吃。

程嘉西虽然呆呆的，但是很听话，李钟灵终于消了些气，不着痕迹地压了压嘴角，用余光暗中观察，等他把手里的爆米花吃完，再伸手来拿的时候，她抓住时机，故意伸出手去，假装拿爆米花的时候不小心抓住他的手。

她偷偷观察被抓住手的人的反应。

一秒，两秒，三秒……半分钟过去了。

程嘉西还是没有任何反应，他的手一动不动，眼睛看过来，目光里带着询问，疑惑她怎么不松手。

李钟灵恨恨地咬牙，松开他的手，几乎是从牙缝里挤出了这句话："抱歉，不小心。"

程嘉西弯了弯眼睛，拿了些爆米花，便把手收了回去。

徒留气得快吐血的李钟灵憋出内伤。

他竟然一点反应都没有，他怎么能一点反应都没有？！

她现在已经不是在纠结她和程嘉西究竟是不是在交往了，她现在已经开始怀疑，程嘉西到底是不是真的喜欢她。

雪上加霜的是，前排的男生偏偏这时候成功揽上了身旁女生的肩膀，两人四目相对，羞涩地相视一笑。

哦，恭喜，祝福，可恶！

程嘉西你真是块木头啊！

看完电影出来，别人脸上都带着笑，唯独李钟灵满脸郁闷。

旁边的木头终于注意到她的情绪，明明是罪魁祸首，却还一脸无辜地问："怎么不开心？"

李钟灵不说话。

他又问："电影不好看吗？"

哦，他以为是电影的原因。

李钟灵顺着这句话下台阶："是啊，电影不好看，也就只有戴着耳钉的男主角能看。"

她才不会说实话，要是她说自己是因为他而胡思乱想了大半天，电影根本没看进去，那多丢人，显得她多喜欢他似的。

程嘉西的目光在周边逡巡了一圈，锁定一家冰激凌店，他指了指马路对面："要去吃冰激凌消消火吗？"

他竟然还真信了。

虽然李钟灵说的是假话，但她实在不希望他真信这假话，更想他能从这假话中看出点什么。程嘉西没能看出真相，更让人失望、恼火。

李钟灵别扭地小声咕哝："还消火，你当你是消防员呢。"

她声音很小很小，程嘉西没听清，低头朝她靠近了些："嗯？"

"……没什么。"最后一丝理智在拉着她，别对他撒气。

李钟灵感觉自己快被憋坏了，像一个马上就要爆炸的气球。

程嘉西弯了弯眼睛，牵起她的手："那走吧。"

一直被灌气的气球忽然停止了膨胀，李钟灵整个人都愣住了，只能被动地跟着他走，目光发直地盯着被他牵住的手。

牵、牵……牵手了？！

她看看手，又看看程嘉西，又看看手。

不仅仅是牵手，还是十指相扣，他温暖干燥的手掌与她严丝合缝地相贴，每一根手指都相互纠缠。

怎、怎……怎么回事？

程嘉西他怎么不打声招呼就跟她牵手了？

他刚刚有先做准备吗？好像没有，也看不出一点紧张的样子。

他怎么能牵得这么自然？是在家里提前练习过吗？

等等，那他找谁练习的？

李钟灵跟着程嘉西穿过马路，脑子里已经转了几个急转弯。

程嘉西正要问她想吃什么口味，扭头却见女生脸虽然红着，眼神却犀利肃然。

"在吃冰激凌前，我先问你一个问题。"李钟灵严肃地问，"你是不是找人练习过？"

程嘉西困惑地问："练习什么？"

李钟灵举起被他牵着的手："这个。"

程嘉西愣了一下，随即了然一笑："嗯，练习过。"

竟然是真的。

李钟灵睁大眼睛，还想继续问他找谁练习的，结果没来得及说出口的话又被他的问题堵了回去："想吃什么口味的冰激凌？"

"抹茶白巧。"李钟灵随便点了个味道，继续迫切地问，"你找谁练习的？"

总不可能是男生吧，男生谁愿意陪他做这种事？

她都能想象到姜北言一脸嫌弃的模样。但应该也不会是女生啊，除她之外，他没什么熟悉的女生，更何况他对女生还有心理阴影。

比起她迫切追问的模样，程嘉西不慌不忙地点完单后，反问她："你很想知道？"

"当——"李钟灵差点把肯定的答案脱口而出，话到嘴边又硬生生改口，"也不是那么想。"说完自己没憋住，又补充了一句，"好吧，我承认有一点点好奇。"

程嘉西笑了笑，从店员手中接过冰激凌，道了声谢，转交给她："高考结束那晚，我和你提前练习过。"

李钟灵拿冰激凌指着自己："跟我？我怎么没印象？"

程嘉西沉默了一会儿，正要帮她回顾，李钟灵就反应过来他刚刚说的时间点正好是高考结束那晚，正是她喝醉后耍了酒疯的时候，连忙打断他的话："算、算了，你还是别说了，再也别提那晚的事，不然我想死。"

程嘉西失笑，乖巧地点头。

两人回到马路对面，往地铁站的方向走，李钟灵时不时低头看一眼两人十指相扣的手，心里比手里的冰激凌还甜。

然后，她又忽然意识到了一件事。

她好像被反套路了。

萧南是让她去和程嘉西亲密接触，然后看程嘉西什么反应，诱导他回答现在是不是在交往。

但是现在好像反过来了，程嘉西主动跟她牵手，害羞的反而是她。最关键的,她完全没能去诱导他回答是不是在交往这个问题!

李钟灵很想唾弃自己,居然被牵个手就高兴得不分南北,怎么能这么没出息!

不过,牵手是不是就意味着,他们现在开始交往了?

可万一不是呢?在意识到自己喜欢程嘉西之前,她也没少跟程嘉西牵手,不仅牵过手,还摸过他的头,还捏过他的脸,跳到过他的背上……

李钟灵越想越觉得羞耻,她以前都干了些什么啊?!

先把羞耻抛到一边,她更想在今天把这个问题弄明白,她和程嘉西到底算不算在交往。

李钟灵左思右想,舔了一口快化掉的冰激凌,终于出声喊住他:"程嘉西。"

程嘉西停下脚步,转头看她,视线扫过她沾了些冰激凌的唇角。

李钟灵咬咬牙,问:"我们现在到底是不是在……"

话没说完,身旁的男生忽然伸手,拇指的指腹轻轻蹭过她的嘴角。

她愣住,要说的话都忘记了,才褪下红晕的脸又慢慢涨红,脸颊烫得像快烧开的热水。

程嘉西歪了歪头,用清澈的眸子望着她,接着她的话问:"在什么?"

"没、没什么……"

CHAPTER 08
我在意程嘉西

小鸡崽翅膀硬了，鸡妈妈该退休咯

钟灵的任何事情都不是麻烦

很有缘由的烦躁

你有四个竹马

高考后竹马偷亲了我一下

李钟灵还是没能从程嘉西那问出他们现在是不是在交往。

她承认她没出息,被程嘉西牵个手就分不清东南西北,把这事忘在了九霄云外。

她总是这样,总是在不经意间就被程嘉西牵着鼻子走,就好像又回到了她刚意识到自己喜欢上程嘉西的时候。

那时已经上了高中,让她心里隐隐不爽的是,近来频频听见女生们对程嘉西的讨论。

"二班的程嘉西真的有点帅啊。"

"是不是校庆弹钢琴的那个?我天,帅啊!"

"还以为帅哥都在篮球队和排球队,才发现他是我今年最大的损失,发现了他是我今年最大的狗屎运。"

你们会不会太夸张了?

李钟灵坐在座位上,托腮看着窗外,心里忍不住腹诽。

自从程嘉西参加了校庆,仿佛一瞬间就从存在感低的透明人变成闪闪发光的明星,越来越引人注目。

程嘉西并不喜欢这种高调的表演,那次要上台表演弹钢琴的原本是他们班上另一个女生,但那个女生前一天来了例假,痛经痛到连走路都困难。

时间紧迫，找不到替代表演的人，二班班主任知道程嘉西会弹钢琴，便亲自找他。程嘉西不会拒绝人，于是就这么答应了。

这还是李钟灵认识他以来，第一次见他上台表演，她比他还紧张，生怕他因为台下太多人而不适，对他千叮咛万嘱咐："别紧张，别怯场，把台下的人当成萝卜土豆，弹错音也没关系，台下的人没几个学过钢琴，大家都听不出来。"

她紧张得后背都快出汗了，程嘉西反而弯着眼睛笑，还有心情从兜里拿出一根棒棒糖，拆了糖纸递给她，不慌不忙地问："要吃糖吗？"

李钟灵在班级大合唱的时候上过舞台，也在台下见过很多人在舞台上表演，却没有一次像今天这样觉得舞台上的人这么好看。

舞台上的聚光灯是天然的光环，在其中的程嘉西仿佛整个人都发着光。

修长的手指在黑白琴键上如蝶飞舞，他垂着眼睫，没有笑。

程嘉西平时总是弯起的漂亮嘴角，此刻是平直弧度，表情认真到有些冷酷。

总是安静待在一旁看他们聊天说笑的程嘉西，说话做事都慢吞吞被她说是蜗牛的程嘉西，存在感像空气一样稀薄的程嘉西，就在刚才还弯着眼睛给她棒棒糖的程嘉西……琴音奏响的那一刻，以一个她完全陌生的姿态正式走进大家的视野。

冷酷、凌厉、令人心悸。

动听的钢琴曲从他指尖飞出，落入李钟灵耳中的，却不止琴声,还有身旁女生的窃窃私语。

有人惊叹他的帅气,有人在打听他的姓名。

程嘉西能被其他人关注,李钟灵既为他高兴,又为他担忧。因为这意味着,程嘉西即将会被人拦在路上,搭讪或是直接告白,这会成为他的困扰,甚至会让他受惊。

于是校庆后,她便偷偷拜托和程嘉西同班的姜北言,让他最近多关照程嘉西。

姜北言不解,问:"关照他什么?"

李钟灵解释:"前几天不是校庆吗,他弹钢琴太出风头了,肯定会有很多人来找他。"

姜北言却还是问:"所以为什么要帮他挡?挡得了一时挡不了一世,他总要自己面对这些。"

李钟灵不愿意,坚持说:"我不管,能挡一时是一时。"

姜北言也不愿意,讽刺她:"你是他妈吗?"

这场对话以姜北言的毒舌攻击,李钟灵拳头的物理回击收尾。

尽管和姜北言不欢而散,但李钟灵不得不承认一点——他没有说错,她对程嘉西就是护孩子的心态。

这情有可原,毕竟程嘉西之所以会有心理阴影,有一半责任在她。如果她那时候警惕性高些,及时发现那个疯女人的行径,程嘉西也不会被关上三天,现在也就不会一被陌生女生搭讪就往她身后躲。

出于愧疚,她很护着程嘉西,哪怕被姜北言说成母鸡护小鸡。

让李钟灵没想到的是,程嘉西似乎并不需要她这般严防死守地保护。

李钟灵无意间撞见他和一个陌生女生交谈，他看上去十分正常，并不恐慌，完全不像是有心理阴影的人。

女生走后，他转过身，看见她，微微一怔，像平时一样露出温和的笑容，然后朝她走过来。

"刚刚那个女孩你认识？"李钟灵问。

"不认识。"程嘉西如实地说，甚至交代了她没问出口的问题，"她向我告白，我拒绝了她。"

比起他拒绝告白，李钟灵更惊讶的是另一件事："你不怕了吗？"她惊讶于他不再怕陌生异性。

程嘉西想了想，说："她很友好，也很瘦小，应该打不过我。"

李钟灵被他的形容逗笑了。果然，程嘉西的心理阴影还是存在的，正常人谁会想着跟女生比打架时的力气啊。不过，敢和人交流，他也算是迈出了第一步。

她欣慰地拍了拍少年清瘦的肩膀："小西真是长大了。"

欣慰之余，她的心里又有些空落落的，仿佛丢了什么东西一样，又像是自己被丢掉了。

程嘉西好像不需要她了。

这样的感觉，在又一次看见程嘉西和一个陌生女生聊天时，变得愈发强烈。偏偏这时候，还有人在她耳边一直念叨。

念叨的人是祁东。

那天是周五，他爸妈都去亲戚家吃席了，他去李钟灵家蹭饭，这会儿是来跟他们一起回家的。就在刚刚，他和李钟灵一块儿去二班等程嘉西和姜北言的时候，刚好看见程嘉西被一个女生喊走。

"大姐大，你脸色这么难看，不会是羡慕小西有人喜欢吧？"祁东有着把真诚的安慰说成风凉话的能力，他一本正经地安慰道，"放心吧，肯定也有人喜欢你的，只是没勇气跟你告白。"

"我谢谢你啊。"要不是李钟灵知道他是缺心眼性格，一准让他的脑袋磕上自己的拳头。

姜北言忍着笑偏过头，忍得肩膀都在抖。

祁东又摸着下巴说："我们小西好像确实很吸引女孩子。"

他的脑袋终究没能躲过一劫，李钟灵下手毫不留情，怒道："谈什么谈？我们可是高中生，好好学习天天向上，懂不懂？"

祁东捂着脑袋连连说"懂"，在程嘉西走过来时，他又立刻忘了痛，一脸兴奋和八卦地说："怎么样怎么样？聊这么久，你答应人家了？"

李钟灵又要去捶他，却听程嘉西说："我跟她说，考虑考虑。"

她停住动作，人也愣了，竟然不是拒绝，而是考虑考虑……

姜北言脸上也闪过一丝惊愕，看了一眼他，又看了一眼李钟灵，想到什么，不易察觉地微翘唇角。

祁东更是大惊小怪："真考虑啊？你果然是要谈恋爱了！"

"嗯？谈恋爱？"程嘉西困惑地看着他，"我没有要谈恋爱。"

祁东也奇怪道："那你说考虑考虑？"

原来聊的不是一个话题，程嘉西解释说："学姐来邀请我去参加'星辰杯'钢琴比赛，我说考虑考虑。"

一句话，让三个人的神情都有了变化。

祁东是一脸看不到热闹的失望："钢琴比赛啊，这有什么好考虑的，你想去就去，不想去就不去。"

姜北言也皱了皱眉，嘴角的弧度落下，不爽且失望地抿起了嘴。

李钟灵满脸释然，重重地松了口气："你不想去钢琴比赛吗？不是每天都在家练？"

自从她认识程嘉西以来，他每天都会雷打不动地练一个小时钢琴，除了喜欢，李钟灵实在想不出其他理由。所以他上台弹钢琴能被人看到，她很为他高兴。

然而，程嘉西却说："只是习惯。"

祁东赞同地点头："我懂我懂，就跟我放假回家习惯开电脑打游戏一样。"

"你闭嘴！"李钟灵给了他一拳，又对程嘉西说，"你要是觉得比赛现场人太多，担心怯场，我可以请病假陪你去。"

姜北言看不下去，啧了声："你真要给他当鸡妈妈？"

"你也闭嘴！"李钟灵无奈道，"我是不想他错过这么好的机会。"

她在程嘉西家里看见过"星辰杯"的奖杯，少儿组全国一等奖。但他搬到溪川后就没参加过任何比赛，她没有问原因，只是猜测这或许是因为他爸爸之前破产，家里没钱让他继续跟着老师学琴。

现在程嘉西只是在校庆上表演了一次，那个学姐就来找他让他报名比赛，说明程嘉西的水平没有丢，他仍然有能力去比赛。

既然有机会展现自己,为什么不把握?

程嘉西似乎还在犹豫,看着她问:"你很想让我参加吗?"

仿佛只要她说想,他就一定会去。

李钟灵希望他把握机会,但不希望逼他做决定,只是委婉地说:"听说这个比赛含金量很高。"

祁东已经拿出手机搜索"星辰杯",知道了这个比赛的性质,赞同地点头:"奖金也很高。"

姜北言抱着双臂冷笑道:"哦,懂了。"

李钟灵气愤道:"你们把我想成什么了?!"

她生气地朝姜北言挥拳,却听见程嘉西说:"我参加。"

李钟灵瞬间停住,扭头惊喜地笑:"真的?那我想想我该装什么病请假。"

程嘉西却说:"不用装病。"

李钟灵一愣:"啥?"

程嘉西弯着唇,宽慰道:"我一个人没问题的,会有老师和学姐陪同。"

李钟灵有些呆呆地"哦"了声,心里忽然五味杂陈。

偏偏还有人在这时幸灾乐祸地说风凉话:"小鸡崽翅膀硬了,鸡妈妈该退休咯。"

"姜北言!"李钟灵一拳朝他挥过去。

"星辰杯"是全国性质的钢琴比赛,从每个城市选拔,所以初赛复赛都在溪川本地举行,程嘉西很顺利地通过了初赛复赛,毫不费力地进入了决赛。

决赛在另一个城市，要坐飞机去，去的那天不是周末，李钟灵要上课，没办法去送他。

前一天晚上，李钟灵把程嘉西喊来家里吃饭，饭桌上，还在关切地问他："紧张吗？"

程嘉西摇摇头："不紧张。"

李钟灵又问："东西都带齐了吗？衣服什么的，那边还没升温，你多带点衣服过去。"

她叮嘱什么，程嘉西都一句一句地答应。

李钟灵还是不放心，又叮嘱道："要是遇到陌生人搭话，不想搭理就别搭理，学一学姜北言，摆点臭脸，就没人敢招惹你。"

程嘉西还没说话，听不下去的陈美玉就插嘴骂了她一句："又在这说小北的不是，难怪你们俩天天吵。"

李钟灵为自己辩解："我这是阐述事实。"

陈美玉怼她："你这是嘴贫。是小西去比赛，又不是你去比赛，看看你搞的，比他还紧张。"

李钟灵一副"儿行千里母担忧"的模样："这是他第一次一个人出远门，我当然担心。"

陈美玉摇了摇头，扭头对程嘉西道："瞧瞧她，对她弟弟妹妹都没这么上心过。"

程嘉西弯起唇角，笑得腼腆。

李钟灵不满陈美玉像告状一样说自己，振振有词道："表弟表妹当然不能跟小西比，我跟他们一年都见不上几次面。小西就不同了，我们天天上学天天见，我们俩就是异父异母的亲姐弟。"说

169

完,她还从当事人这找认同:"是吧,小西?"

程嘉西低着头,往嘴里塞了口米饭,机械地咀嚼,像是没听见一样,没有回话。

陈美玉搭腔损她:"人家小西都被你烦得懒得理你了。"

"小西又不是你,他一看就是又在发呆。"李钟灵习惯了程嘉西时不时神游天外的状态,没拿筷子的手伸过去,拍了拍他的手臂,喊他回神,"要不然我吃完饭再去你家帮你检查下行李?省得你到那边发现少带,还得临时买。"

程嘉西垂着眼,轻声婉拒:"不用,我一个人能行。"

"好吧。"李钟灵总觉得他这句"一个人能行"有点怪怪的,又只是隐约的感觉,具体说不上来,便没多想,往他碗里夹了只鸡腿,"多吃点。"

还真让陈美玉女士给说中了,这次钢琴比赛,李钟灵比程嘉西本人还焦虑。

程嘉西请假去比赛的这两天,她在学校上课都心神不宁,连班花都发现了她的异样。

班花就坐在她前桌,趁着课间,转过身来问她:"怎么心不在焉的?"

李钟灵伸直两条手臂,抓着桌沿,无精打采地将下巴搭在手臂上:"程嘉西去比赛了。"

班花早听她说过这事儿,前阵子李钟灵跟炫耀自家孩子拿奖一样向她炫耀程嘉西连着过了初赛复赛,马上就要去外市参加决赛。

她点点头:"我知道啊。"

李钟灵闷闷地开口:"程嘉西不在,总觉得少了点什么。"

班花盯着她看了一会儿,问:"你知道你现在像什么吗?"

李钟灵并不怎么感兴趣地问:"像什么?"

班花说:"像我爷爷家养的大黄。每次我去爷爷家,要走的时候,它就眼巴巴地坐门口,盼着我回去。"

李钟灵听出了她话里的调侃,却还是无精打采,回道:"你才是狗。"

班花看着她蔫了吧唧的模样,摇摇头道:"你太依赖他了,这样可不妙。"

仿佛听到什么大笑话,李钟灵指了指自己,不可置信地问:"我依赖他?反了吧?"

班花有理有据道:"分离性焦虑,是与依恋对象分离时出现的过度焦虑,你现在就是这种情况。"

她说得有板有眼,李钟灵不听她唬人,从课桌里掏出手机百度,看了眼词条解释,面无表情地说:"一般发生在学龄前儿童,我是学龄前儿童?"

班花反问:"那你现在不焦虑吗?"

李钟灵闭嘴了,过了一会儿,又解释道:"也不是焦虑,就是忍不住担心他会不会遇到什么不太好的事。"

班花问:"吃饭睡觉上课,一直想着他?"

李钟灵点头:"一直想着。"

班花想了想,又问:"那他以后上大学了怎么办?"

171

李钟灵愣了一下，说："我没想这么远……"

班花一副过来人的模样，苦口婆心地说："该想想了，也没多长时间了。"

李钟灵沉默了。

李钟灵还没想通班花的话，程嘉西就比完赛回来了。听说他这次发挥得很糟糕，出现了几次不该出现的失误，整个人肉眼可见地萎靡了起来。

李钟灵安慰他，他也只是轻轻应声，虽然不会不搭理她，但也是一副没有被安慰到的模样，对那天发生的事不愿细讲。

"今天不去食堂怎么样？我请你们吃饭。"李钟灵决定用好吃的来哄人，笑眯眯地问他，"小西，你想吃什么？"

程嘉西还没说话，祁东先惊叹道："哇，大姐大请客，真难得！"

姜北言锐评："铁公鸡拔毛了，不容易。"然后立刻被李钟灵踹了一脚。

程嘉西慢条斯理地开口："我不去了，学姐约了我。"

说曹操曹操到，同程嘉西一起去比赛的那位学姐来了，程嘉西同她一起离开。

祁东摸着下巴一脸兴奋道："小西最近和学姐走得有点近啊，不会是……"

还没说完，李钟灵就给他的脑袋来了一下："少乱说，造谣一张嘴，辟谣跑断腿，要是别人真信了怎么办？"

祁东委屈地揉脑袋,又问:"我们去哪儿吃?"

"食堂。"

"啊?不是请客吗?"

"该吃这顿饭的人走了,还请个屁啊!"

"大姐大,你好偏心!"

"哦,你才知道?"

李钟灵最近很烦躁,没来由的烦躁——不,是很有缘由的烦躁。

她睁眼闭眼都是程嘉西走向学姐的背影,脑子里自动生成的全是程嘉西和学姐谈笑的画面。

她不爽,很不爽,连头发丝都冒烟的不爽。

班花问她:"你知道你现在像什么吗?"

李钟灵烦躁地抓了抓头发,问:"敢说像大黄,我就杀了你。"

"这次不是大黄。"班花说,"上次我带我家小白出门遛,在路上摸了别人家的小狗,小白就是这么跟我龇牙咧嘴的。"

大黄是金毛,小白是比熊,总之还是狗。

李钟灵也跟她龇牙咧嘴,凶神恶煞:"除了狗,我就不能像点别的什么?"

班花说:"有啊,但你恐怕更不能接受。"

李钟灵一字一顿地说:"你说,我保证听了不打你。"

得到保证后,班花凑到她的耳朵边,悄声说:"像被皇帝打入冷宫的过气宠妃。"

沉默了好一会儿后,李钟灵面无表情地问:"最近,你喜欢看

173

古代小说?"

班花自豪地点头:"霸道皇帝爱上我。"

李钟灵一脸冷漠地说:"你看小说的品位和你喜欢人的眼光一样差。"

"是一样好。"班花处处维护着她心上人的声誉,又正经了些问,"不开玩笑了,认真的,你真的没发现吗?"

李钟灵问:"发现什么?"

班花托腮看着她,停顿了好一会儿,终于开口道:"你对程嘉西是不是太上心了?"

李钟灵理所当然道:"他是我竹马,我不对他上心对谁上心?"

班花摇摇头:"但你有四个竹马。"说完这句,班花又立刻咬牙切齿,丝毫不顾及漂亮形象,面目狰狞地说:"该死,这女主待遇什么时候能轮到我?"

李钟灵嘴角抽搐,拿出两本书挡住班花这狰狞的表情,维护她的女神形象,然后说:"程嘉西最老实也最容易被欺负,所以我才对他更上心点。"

班花收起自己嫉妒得面目全非的表情,又展开如花般的笑容:"那你觉得学姐会欺负他咯?"

"我可没说这话,"李钟灵连忙否认,"谁不知道学姐是出了名地温柔,她怎么可能欺负程嘉西?"

班花附和地点了点头,又问:"那你在担心什么?"

李钟灵被噎住:"我……"

班花打断她的话:"我知道你在担心什么,你担心……"她顿了顿，露出一个漂亮但十分暧昧的笑。

"你担心他和学姐走得太近。"

李钟灵的脸色一变。

不顾她骤变的脸色，早已看得分明的局外人班花把李钟灵这段时间的焦虑、烦躁、迷茫……所有复杂的情绪，都用最简单不过的话，轻描淡写地概括了出来："李钟灵，承认吧，你真的很在意程嘉西。"

李钟灵并不是对自己的感情特别迟钝的人，要不然她以前也不会发觉自己对萧南有好感，后来也不会无缘无故地醒悟，明白那种好感只是对温柔性格的迷恋导致的错觉。

被班花这么一点拨，她最近的烦躁心情就说得通了。

李钟灵前所未有地慌张。

面对程嘉西时，她也是前所未有地不自在。

再这样下去，迟早会被其他人发现端倪。

程嘉西迟钝，李钟灵确定不会被他发现什么。

她怕的是会被萧南发现，萧南太聪明，也很敏锐，什么事都避不开他的眼睛。

为了不暴露，李钟灵总是有意无意地避着萧南，尤其回避萧南和程嘉西同时都在的场合。

庆幸他们当时没被分在一个班，所以这样的回避也不是难事。

但总归是纸包不住火。

没多久，她反而被程嘉西询问："你是不是和萧南吵架了？"

李钟灵当即否认:"没有!"
　　程嘉西有事直说,没拐弯抹角:"你最近总是躲着他。"
　　李钟灵惊愕道:"有这么明显吗?"
　　程嘉西点点头。
　　李钟灵苦恼地皱起脸。
　　连他都发现了,那萧南肯定也发现了。估计过不了多久,萧南就会亲自来问她,为什么要躲着他。
　　完蛋,她得赶紧想个借口糊弄过去。
　　李钟灵摸着下巴苦恼地沉思,面露焦急,眉心的褶皱甚至都能夹死一只苍蝇。
　　程嘉西盯着她看了一会儿,轻声问:"是跟他发生了什么吗?"
　　李钟灵正陷入自己的思绪里,心不在焉地回答:"没……"
　　程嘉西垂下眼,眸中情绪晦暗,声音放得更低:"你该不会还是对他……"
　　李钟灵立刻明白他想说什么,反射性地否认:"没有没有,我现在——"
　　她话说到一半,忽然意识到面前的人是谁,强行咽下了后半句话。
　　程嘉西歪了歪头,眼神柔和地看着她:"现在什么?"
　　李钟灵当然不会说现在喜欢的另有其人,还就站在自己面前。
　　她结结巴巴地说:"总……总之就是……我……我没有那个想法了。"
　　话音落下,身前的少年抬手覆在她的发顶,轻轻揉了揉。

像春风一般温柔的安抚让李钟灵的脸颊升腾起热意，耳根都发烫了，说话也更结巴："你、你……你干吗？"

程嘉西摸着她的脑袋说："安慰你。"

李钟灵解释自己并没有不开心："我不需要安慰。"

程嘉西收回手。

李钟灵又赶紧改口："但是可以多摸两下。"又避开跟他对视。

程嘉西轻轻笑了，不疑有他，继续摸了摸她的头。

少年修长而又骨节分明的手，既可以在黑白琴键上弹奏出狂风骤雨般的交响曲，也可以在她发顶春风细雨般温柔抚摸。

她突然发现，只要脸皮厚一点，好像就不会那么不自在了。

她是幸运的，从小就认识程嘉西，可以自然地跟他说话相处，不会像其他女生那样，觉得他遥不可及。她又是不幸的，因为她没办法像其他女生那样向他坦白自己的心意。

每每想及此，李钟灵就忍不住叹气。

再一次听到她叹气的班花忍不住开口："亲爱的，你已经叹气九十八次了，再来一次，凑个长长久久。"

李钟灵故意短促地唉了两声："买一送一，给你凑个百年好合。"

班花满意点头："真不错。"

李钟灵："……"

班花托着腮，不理解她的忧愁："这有什么好叹气的？又不是什么见不得人的事，大大方方的不就好了？"

李钟灵摇头："我也不想叹气，但是我的心情很复杂啊。"

高考后竹马偷亲了我一下

班花又有了新主意:"要不你去试探一下他?"

李钟灵立马来了精神:"怎么试探?"

班花就爱干这种缺德事,她一肚子的馊主意,摩拳擦掌道:"你故意跟其他男生接触,看他什么反应,看他会不会在意。"

李钟灵瞬间垮下眉毛:"那完了,我以前让他帮我誊写一遍要送给萧南的信,他都没任何意见。"

班花说:"以前是以前,现在是现在啊。"

"有道理。"李钟灵又重燃了希望和斗志,"那依您之见,我该找哪个男生接触?"

班花摊了摊手:"你那么多竹马,随便选一个不就行了。"

李钟灵想了一下,最后并没有找另外几个竹马来帮忙。

她和他们几个太熟了,容易被看出端倪,她得选个大家都不熟悉的人。

班花已经想到了一个合适的人选:"咱们学校有个大家都不熟,但大家都很爱的人。"

李钟灵跟她想到了一块儿,自然知道她说的是谁:"我也想到了。"

两人同时说出那个名字,毫不意外地对视一眼,像电视剧里的反派一样笑出来,又互相嫌弃。

"你笑得好猥琐。"

"你笑得好奸诈。"

两人笑作一团,完全不管旁人投来的怪异目光。

李钟灵和班花同时想到的人是高二年级的孟近学长。

他和祁东都在校排球队，李钟灵去排球队找祁东的时候，偶尔会遇见他。

去年，李钟灵还跟着祁东去看过他打校排球联赛，不过听说他最近退出了校队，为了专心学习。

孟近为人开朗，还很乐于助人，性格好人缘好，是大众男神，在学校里，不管男生女生都很喜欢他。

如果被问到喜欢谁，大大方方说是孟近，别人一听，都会毫不意外："那个孟近啊，确实是个好人，招人喜欢。"

这么多人喜欢孟近，那她"喜欢"上他也就合乎情理了。

放学回家的时候，李钟灵趁着大家都在场，故意当着程嘉西的面向祁东索要孟近的联系方式。

祁东不记得她跟孟近有什么接触，一边掏手机找孟近的联系方式，一边疑惑地问："你找孟近学长干吗？"

李钟灵飞快地瞥了程嘉西一眼，清了清嗓子，字正腔圆地说："想请他吃饭。"

祁东掏手机的动作一顿，脸上满是惊讶和慌张："啊？吃饭？"

他慌张得都结巴了："大、大姐大你啥时候对他有好感的？"

李钟灵拿出早就准备好的谎话："去年排球联赛。"

祁东不可置信地捂住嘴，没人能理解他此刻的慌乱和懊悔。

那场排球赛还是他拉着李钟灵一块儿去看的，因为他听说溪川一中的校排球队实力很强，万万没想到，这场球赛竟然看出了蝴蝶效应，让李钟灵对孟近学长产生了好感！

179

在场的还有姜北言,在听到她无端索要孟近的联系方式时,皱起了眉。

听到她打算请孟近吃饭,姜北言更是瞬间黑了脸:"一场球赛就产生了好感?你的感情也太肤浅了。"

"你管我?"李钟灵不客气地回怼。

姜北言冷笑道:"还真是没脑子。"

"那你也管不着,孟近学长又帅又温柔,哪像你,又凶脸又臭!"

"你——"姜北言头一次被李钟灵怼得哑口无言,脸一阵青一阵白,最后只能咬咬牙,甩下一句"随便你",就气势汹汹地甩手离开。

李钟灵只觉无语,明明是他先讽刺自己的,这会儿好像他受了多大气似的。

她用余光瞥向旁边一直没作声的程嘉西,偷偷观察他的表情。

程嘉西自始至终都没做出什么反应,表情一如既往地呆愣,像是又在神游天外,压根没听他们在讲什么。

他甚至连耳机都没摘。

委屈的人变成了李钟灵,莫大的失落萦绕在她心头。

"大姐大,联系方式还要吗?"祁东有些犹豫地问。

李钟灵收回目光,赌气地提高声音:"要,怎么不要!"

做戏做到底,她要加大对程嘉西的刺激。

但她并没有真的去加孟近为联系好友,只是搜了下这个号,存下他用的网名和头像。

她不能无礼地去打扰别人。

李钟灵早就跟班花计划好,让她注册一个小号,换上相同的网名和头像,用这个高仿小号跟自己打配合做戏。

她故意挑在周末,以一起做作业为由跑去程嘉西家,故意掏出手机,点开和高仿小号的聊天页面,递到程嘉西面前:"小西,帮帮我。"

程嘉西扫了眼手机屏幕,看向她的眼神带着不解:"嗯?"

李钟灵故作苦恼地说:"孟近学长通过我的好友申请了,但我不知道该怎么跟他聊天,你能不能给我出个主意?"

她一边说,一边暗中观察着程嘉西的神色,试图从他脸上捕捉到一丝一毫的负面情绪。

程嘉西微微皱起眉时,李钟灵的心跳跟着加速。

"我不擅长聊天。"少年有些苦恼地说。

李钟灵的心脏都快跳得飞起来了。

这是拒绝的意思吧?这是抗拒的意思吧?

这是抵触她去和别的男生接触的意思吧?

他果然……

还没来得及多窃喜几秒,李钟灵就听见程嘉西温和的声音:"可以试着从他喜欢的排球入手。"

李钟灵愣住:"啊?"

程嘉西无辜地看着她,语气有些许不确定:"你前几天不是说他是排球队的吗?是我记错了吗?"

"……没记错,"李钟灵几乎是从牙缝里挤出的这句话,露出勉强的笑容,"你这个主意……挺好。"

她气得背过身去,像被主人忘记带出去遛弯而闹别扭的小狗,只留给他一个怨念的后背。

饶是程嘉西再迟钝,也察觉到她的不悦,但他并不知晓其中的原因。

他有些茫然地询问:"怎么了?"

"没事。"李钟灵利落地回绝他的关心,但没过几分钟,到底没忍住,还是问出口,"我找你帮这种忙,你不会不开心吗?"

程嘉西反问:"为什么会不开心?"

"因为——"李钟灵差点就要把真话脱口而出,又骤然失落,耷拉着脑袋,沮丧道,"……因为麻烦。"

"不麻烦,"程嘉西说,"钟灵的任何事情都不麻烦。"

李钟灵只当他是在说漂亮话哄人开心,并不怎么真情实感地接了句:"是吗?"

程嘉西微笑着摸了摸她耷拉着的脑袋,说:"只要你开心,我就开心。"

李钟灵愣了愣,下意识抬起头。

少年的眼眸清澈,望向她的目光真诚且温和。

被这样的目光注视着,她受挫的心情像被阳光照射的冰激凌般化开,只剩下甘甜。

甘甜弥漫之后,却又涌上了淡淡失落。

程嘉西之所以会这样包容她,只是因为他跟她关系好,这只是青梅竹马的优待。

程嘉西以前帮她誊写给萧南的信,现在给她提供和孟近聊天的话题,这些都让她心里有了答案,李钟灵再佯装不出欢喜。

她从椅子上起身,把手机和作业都收进书包里:"我妈让我中午煮饭,我得回家了。"

程嘉西跟着起身:"我送你。"

"别!"

李钟灵拒绝完才察觉自己有些急躁,缓和了些语气说:"不用不用,又不是晚上,大白天的不用送。今天我家有客人,就不请你去我家吃了,你自己点个外卖应付应付吧。"

她话都说到这份上了,程嘉西也不好再坚持什么,但还是跟着她到玄关,目送她进电梯。

电梯门缓缓合上,少年目光渐沉。

眉眼间的乖顺褪去,浮现出几分冷漠的阴郁,他低低喃出那个最近被她频繁提及的名字:"孟近……"

"我失败了。"

这是周一早上,李钟灵见到班花的第一句话。

班花肃然道:"请节哀。"

李钟灵连着"呸呸"两声:"还没死透呢,说不定以后还能复活。"

班花问:"你打算上了大学后展开行动?"

李钟灵点头:"当然。"

班花虚心请教:"怎么打算的?"

李钟灵真诚回答:"不知道。"

两人对视一眼,同时叹气。

过了一会儿,班花忽然建议:"要不我们去参加社团团建吧?"

"团建?"李钟灵对这个词并不陌生,学校的各个社团偶尔会组织社员聚餐,但她不懂班花为什么忽然提起这事。

班花说:"旧的不去新的不来,咱们去认识一些新朋友,不就不会再那么关注旧朋友了吗?"

"可咱俩也没参加学校的什么社团呀。"

"这点你不用担心,我是谁,我可是咱溪川中学鼎鼎有名的交际花。"

李钟灵还是犹豫:"这办法行得通吗?"

"行不行得通,试了才知道,没准我们认识的人多了,就真没那么在意他们了。"班花说得头头是道,"难道你想让自己在一棵树上吊死?"

李钟灵惊愕:"这种事情还能三心二意?"

班花振振有词:"我们又不是谈恋爱,交朋友而已,再说了……"说到一半她忽然停住,也不知想起了什么,神色黯淡几分。

"再说什么?"李钟灵被她勾起好奇心,"讲话留一半,吃泡面没调料包啊。"

班花给了她一记白眼,叹了口气,这才继续说:"我在意的人,可能已经有了他自己的在意对象。"

这话听着有点绕，李钟灵反应了好一会儿，才反应过来她话里的主语是谁。

"谁？你说谁？"李钟灵满脸问号，"姜北言？他在意谁？"

她脸上的问号都快具象化了，李钟灵震惊得以为自己听错了。

班花却真的在点头。

李钟灵火速翻了遍回忆，回想姜北言平时有没有频繁接触谁，可思来想去也没什么人选，也没觉得他对谁比较特别。

她实在想不出来："到底谁有这么大能耐啊？谁这么倒霉啊？"

班花没说话，只是有些哀怨地看着她。

李钟灵等着她回答，跟她大眼瞪小眼。

两人就这么王八盯绿豆般互盯了一会儿，不知怎么地就演变成了不眨眼游戏，最后班花眼酸，先眨了下眼皮而落败。

"不行，我受不了了，眼睛太酸了。"班花忍不住揉眼睛，眼泪都快溢出来了。

李钟灵得意地哼哼两声："比瞪眼就没谁能赢过我。"

又回到正题，李钟灵八卦地问："所以你知不知道那人是谁？"

班花闭着眼睛说："我也只是猜测。"

李钟灵没劲地"哦"了声。

原来只是猜测，难怪她想半天也没想出来。

李钟灵安慰她："你别自己吓自己，那小子直男一个，怎么可能有这种心思？而且他脾气那么臭，哪个女生能愿意主动找他交朋友啊？"

姜北言性格臭屁，跩男一个，平时女生跟他搭话他都跩得要命，总是一点面子都不留地拒绝别人。

别人碰个壁也就放弃了，但班花不一样，班花屡战屡败，屡败屡战，坚持不懈是她除颜值之外最大的优势。

班花看了她一眼，问："你怎么对姜北言意见这么大？"

这不是她第一次问李钟灵这个问题。

李钟灵每次给的回答都能不一样，这次的原因是："他总是嘴贱呗。我上次不是为了试探程嘉西，故意说要请孟近吃饭吗？他当时也在，无缘无故损我一句，说我很肤浅。"

她说起这件事就火大："我跟他呛了几句，他上周就一周都不搭理我，小气鬼。"

班花看着她愤愤不平的模样，嘴里自言自语般喃喃道："他也挺可怜的。"

她这句话声音小，李钟灵没听清，问："你说什么？"

"没什么。"班花摇了摇头，换了个话题，斗志满满道，"我们准备准备，这周末去社团团建！多交几个新朋友！"

这时候的她们，谁也没有想到，这个周末，她们会在社团团建上遇见一个意想不到的人。

CHAPTER 09
请继续当我的空气

少女心事

她或许也要爱上下雨天了

你睡着的样子很可爱

我喜欢你

周末的社团聚餐在一家很受学生们欢迎的甜品店。

四个男生四个女生面对面坐成一排,看到对面坐着的男生,李钟灵差点惊得张开嘴,无声地和班花扭头对视一眼,都从对方眼里看到震惊。

都不知道该说是"有缘千里来相会",还是该说"踏破铁鞋无觅处"——传闻中的孟近学长竟然也来参加这种团建活动!

李钟灵尤为困惑,以孟近学长的性格,他应该不会出现在这种场合。

不过很快,这困惑就解开了。

恰恰是因为孟近不会拒绝人的老好人性格,所以才会出现在这里。除她和班花以外的两个女生,很明显是冲着孟近来的,十个问题有八个是冲着他问的。

孟近很明显是被朋友强行拉过来的,李钟灵看到他刚坐下时的迷惑和茫然,以及后知后觉搞清情况后的坐立不安。

不光是李钟灵,连班花都看出了孟近的尴尬。

班花凑过来跟李钟灵耳语:"他像是在给我们表演一个成语。"

"什么成语?"

"如坐针毡。"班花这时候还能玩冷幽默。

李钟灵忍住笑，小声跟她咬耳朵："你是想作壁上观还是想美救英雄？"

班花拿勺子挖了块小蛋糕，优雅地吃掉，才小声推辞道："这个机会让给你。"

李钟灵揭穿了她的真实想法："得了吧，你就是舍不得蛋糕。"

她跟班花的脑回路总是相通的，虽然联谊比想象中无聊，但蛋糕还是好吃的，而且花了钱，不吃完就走实在是太浪费了。

拯救不熟的帅哥没有花了钱的美味蛋糕重要，李钟灵原本是这么想的。

奈何孟近就坐在她对面，即便她不刻意关注，也总能在不经意间捕捉到他脸上的尴尬和隐隐的焦灼。孟近几次对他身旁的男生眼神示意想走，却都被无视。

孟近那一副脾气很好也很好欺负的模样，就像落入狼群中无助的小羊崽。

这副模样，无端让李钟灵想到另一个人。

那人比孟近还要腼腆些，被女生拦住搭讪时，总是反射性地躲到她身后，也不说话，就捏住她的衣角轻轻扯一扯。她扭过头，总能毫不意外地瞧见他无辜的求助眼神，可怜又可爱。

一想到那画面，李钟灵就忍不住弯起嘴角。

收回思绪，李钟灵看了眼对面还在焦灼着的男生，到底没忍住热心肠，出声打断桌上其他女生的谈话："不好意思，我肚子忽然有点不舒服，能先离开吗？"

她这一出声,桌上所有人都看过来。

而她也同时朝最熟悉的班花看过去。

姐妹之间的默契无需多言,班花立刻会意,眼里闪过一丝调侃,嘴上却配合她,用担忧的语气询问:"很难受吗?要不要送你去医院?"

李钟灵做出疼得难以忍耐的模样,皱着脸点点头。

果不其然,最热心的孟近在这时站起来:"我送你去医院。"

李钟灵当然没拒绝,一手捂着肚子,一手扶着桌子站了起来:"麻烦孟近学长了。"

另两个女生见孟近要走,正想出声说什么,李钟灵抢先一步开口:"让大家扫兴了,真是不好意思,下次有机会再请大家喝奶茶。"

语气越抱歉,道德高地占领得越高,还顺口画了个饼,其他人也不好再说什么。

班花给了李钟灵一个"姐妹牛啊"的赞赏眼神,顺便把她没吃完的小蛋糕挪到了自己面前。

李钟灵:"……"

李钟灵被孟近搀扶着走出甜品店,确定店内的人看不到自己后,皱作一团的脸便瞬间舒展。

孟近还没发现,以为她是真不舒服,作势扶着她去路边拦出租车,送她去医院。

李钟灵连忙阻止:"学长,我没事,不用去医院。"

她说话的声音不似刚才的虚弱，但孟近还是不放心："是现在感觉好些了吗？有些腹痛是断断续续的，要不还是去医院看看？"

李钟灵感觉这人有点呆头呆脑的，有些好笑道："我装出来的啦。"

她实话实说："孟近学长也是想走的吧？"

孟近愣了，后知后觉地反应过来，了然的同时松开了搀扶她的手，露出不好意思的笑容。

他也老实交代："抱歉，我一开始不知道是这种聚餐。"

"看出来了。"李钟灵说，"不用道歉，我一开始就知道，还不是刚坐下就后悔了。一堆不认识的人尬聊也太无聊了，有这时间还不如在家看电视，也就是这家店的蛋糕还不错。"

孟近有些抱歉地说："你的蛋糕好像还没吃完，那边还有家甜品店，我再去给你买一个？作为……谢礼？"

李钟灵摆摆手："学长不用这么客气，我朋友还在那儿呢，她会帮我把剩下的解决掉，到时候我再去坑她就好了。"

她虽然平时抠抠搜搜，但还不至于把主意打到不熟悉的人身上。

婉拒了孟近请客和送她回家的绅士提议后，李钟灵潇洒地跟孟近告别，步伐轻快地回了家。

她家离这不远，坐公共汽车也就几站路，李钟灵习惯性省钱，准备走路回去。

走了一小会儿，李钟灵发现不对劲，一转身，发现孟近还跟在自己身后。

李钟灵有些无奈:"学长,真的不用客气,不用送我。"

孟近有些尴尬地抓了抓头发:"抱歉,我家也是往这边走的。"

李钟灵也有些尴尬,她不太自然地挠了挠脸,若无其事地接话:"那一起走吧。"

"嗯。"

两个不太熟的人一起回家,连空气里都弥漫着淡淡的尴尬。

偏偏这时,天上还下起了雨。

这场雨来得突然,毫无防备的两人被赶到了路边商店的屋檐下。

附近没看到有便利店,孟近只丢下一句"我去买伞",就冲进雨中。

李钟灵扯着衣服下摆抖了抖还没浸入布料中的雨滴,正嘟囔着"倒霉"时,手机响了。

她拿起来看了一眼,是程嘉西发来的消息。

西:你今天在外面玩吗?

李钟灵还没把今天这事告诉给他们几个,用脚趾头想都知道,那几人知道后会是什么反应,要么嘲笑,要么调侃,要么八卦。

但她也很肯定,程嘉西不在这吃瓜看戏的行列中。

李钟灵实话实说地编辑了一句话:今天在外面聚餐,认识了几个新朋友。

摁下发送之前,李钟灵又犹豫了一下,多加了一句话。

她发过去:今天在外面聚餐,认识了几个新朋友,聊得很开心。

程嘉西:下雨了,要我来接你吗?

李钟灵：不用，我们已经在回家路上了。

拒绝的消息发过去，对方就没再回复。

李钟灵的心情跟淅沥的雨声一样杂乱无章。

连一句关于"新朋友"的情况都没有多问，摆明了是对这事一点都不关心，看来程嘉西是真的真的不在意她。

李钟灵长长地叹了口气，都没发现孟近已经买完伞回来了，从孟近手里接过另一把没开封的伞，扯掉标签撑开。

撑开还没一秒，伞布嘭的一声脱离伞骨，两人像受惊的兔子，被突然的变故吓得一抖，茫然地对视，又同时笑出声音。

李钟灵举着这把烂伞，自嘲一般说："我今天是不是该去买个彩票？"

孟近抓了抓头发，有些无奈："我再去买一把。"

"算了，便利店挺远的，下这么大雨，你跑来跑去挺麻烦。"人算不如天算，李钟灵也有些无奈，"这下还真得麻烦学长送我到我家楼下了。"

她把烂伞重新折叠起来，然后钻进孟近的伞底下。

他买的两把伞都是单人伞，一个人撑着刚好，两个人就有些挤了。

但他很有绅士风度地留出一些距离，没跟她紧挨着，伞面也配合着她的身高，往她这边倾斜降低，自己却淋湿了半边肩膀。

李钟灵看着觉得有些抱歉。

她是不喜欢麻烦别人的性格，一旦给别人造成麻烦，心里就会过意不去。

早知道刚刚就不跟程嘉西赌气，让他多拿一把伞来接自己了。

注意到她低落的情绪，孟近关心地询问："怎么了？"

李钟灵不太好意思跟他直说，也不知道这种事该怎么开口，只是含糊地应付了句："不太喜欢下雨。"

孟近笑了一下，说："我以前也不喜欢雨天。"

"以前？"李钟灵注意到他的时间前提，"所以现在很喜欢咯？"

孟近没否认："前段时间喜欢上的。"

李钟灵想不出让一个人忽然改变喜好的原因，又听见他说："是因为一个人。"

李钟灵这下懂了，语气里带上几分调侃："女生吧？"

孟近愣了一下，笑得有些腼腆："是女孩子。"

李钟灵拖腔带调地"哦"了声："不是因为喜欢下雨，才喜欢雨天，而是因为雨天遇见的那个人，才喜欢雨天啊。"

孟近笑得更不好意思："学妹就别笑话我了。"

李钟灵笑了笑，原本沉重的心情轻松了不少。

孟近学长跟传闻中的一样，性格很好，招人喜欢；又有些不一样，他并没有那么外向，是个很容易害羞的人。

话题从他那边展开，她封闭的内心有些动摇，撑着伞跟他并肩在雨中走了会儿，最终还是没忍住，开口道："有一件事，我得跟学长你道个歉。"

孟近侧头看她："嗯？"

李钟灵没保留地把假装加他联系方式，借此试探程嘉西这件事坦白,但没把程嘉西的名字告诉他,而是用"发小"代替。

李钟灵越说声音越低落:"我刚刚还故意跟他说,我和新朋友聊得很开心,但他还是没有一点反应。"她自嘲地笑了笑,说,"一次又一次地试探,一次又一次地让自己认清现实,是不是很蠢?"

"不是因为蠢,"孟近说,"是因为太在意了。"

因为太在意,所以不甘心得不到对方的回应。

"太在意了……吗?"李钟灵无意识地喃喃。

她其实并不知道,自己究竟有多在意程嘉西,却在自己都还没意识到的时候,让他轻易牵动自己的喜怒哀乐。

真不公平,她竟然这么在意他。

这么在意一个……不在意她的人。

李钟灵揉了揉眼睛,这种心脏钝痛的感觉,好讨厌,控制不住酸胀的眼球,也好讨厌。

她明明不是这么脆弱的人。

豆大的雨狠狠地砸向伞面,声音闷而沉,或许是这雨的缘故,所以她才如此烦闷。

口袋里的手机在这时响起,李钟灵拿出来看了一眼。

还真是"说曹操曹操到",正是程嘉西打来的电话。

李钟灵的手指在屏幕上方停顿两秒,便挂断电话。她并非赌气,而是不知道该用什么样的心情去面对他。

这个周末,她应该都不会见他,就用这两天整理好心情,以后再用平常心去同他相处吧。

李钟灵正这么计划着,然而才挂断电话没几秒,就听到一道熟悉的声音唤她的名字,淅沥雨声掩盖不住的少年音色。

"钟灵。"

她循声望去,隔着朦胧雨雾,一眼认出了正朝这边走来的撑着伞的少年。

他今日穿着件短袖白衬衫,撑着透明的长柄伞,像是从漫画里走出来的少年,迈着长腿稳重而飞快地朝这边走过来。

直到他到跟前停下,李钟灵都还有些恍惚:"你……你怎么来了?"

程嘉西先扫了一眼她旁边跟她站得很近的高个男生,眼中暗流涌动的情绪掩藏在长睫之下,脸上挂着一贯温和的笑容:"来接你。"

话毕,他撑着的伞朝她的方向伸过去,伞骨尖端不轻不重地撞上他们的伞面,让她过去的意思很明显。

李钟灵反射性地钻到程嘉西伞底下,迟钝地回神跟他介绍:"这是孟近学长。"

她又跟孟近介绍:"我发小,程嘉西。"

在她说话间,身旁的少年忽然抬手揽住她的肩膀,揽着她朝他靠近,几乎贴在他的怀里。

李钟灵愣了一下,惊愕又不解地仰头看向他。

程嘉西仍旧温和地笑,一副乖顺的模样,似乎完全没发现这有什么不妥,理所当然地说:"我到你家才发现下雨,拿的是你的伞,有些小。"

李钟灵被他的话转移注意力,视线移到头顶的伞上,才发现他拿的伞还真是她的。

程嘉西的目光落在孟近身上，直勾勾与他对视，长睫不再掩盖眸中的真实情绪，流露出的阴郁使得唇边原本温和的弧度都带上敌意。

"你好，孟学长。"

他温和的嗓音听起来与刚才并无二致，脸上笑容却未见几分真心。

孟近并非迟钝的人，况且刚才还听李钟灵讲了她的"少女心事"，旁观者要比当局者更容易看清某些东西。

他直接无视程嘉西的招呼，朝李钟灵露出一个足以驱散乌云的阳光笑容："学妹，今天的事情真是谢谢你，明天我请你看电影吧。"

李钟灵愣了下，还没摸清这走向，正想说让他别客气，孟近却没给她拒绝的机会。

"明天下午两点，电影院见，具体我们手机上说。"

孟近丢下这句话后，还不等她说什么，就朝她甩了甩手，转身走了。

李钟灵愣住了。

手机上说？手机上怎么说？

他们根本没加好友啊，他不是知道的吗？

程嘉西盯着孟近离去的背影，唇边的弧度渐渐放平直到消失，漆黑深沉的眼底，阴郁的暗流涌动。

程嘉西揽在李钟灵肩膀上的手指，不自觉地收紧了些。

在身旁人抬头看过来时，他敛去眸中情绪，重新挂上乖顺的笑容："雨下得有些大，我们靠紧些。"

李钟灵干巴巴地"哦"了声，佯装淡定地低下头，就着被他揽着肩膀的姿势，一同往她家的方向走。

其实已经站得很近了，她都快钻到他怀里了，鼻尖是他衣服上淡淡的洗衣液的香味，混着雨水清冷的气息，说不上来的好闻，也说不上来的……让人脸颊发热。

少年轻飘飘的声音从头顶落下，似是漫不经心地问："今天玩得开心吗？"

李钟灵原本想跟他吐槽聚餐有多无聊，却想起她在手机里对程嘉西撒的谎。

一个谎言要用无数个谎言去圆回来，她只好硬着头皮继续撒谎："挺……开心的。"

程嘉西抿了抿唇，眸底早已没了笑意。

只是她低着头，察觉不到。

而他的声音也一如既往地平和，让人无法察觉他的真实情绪："你和孟近学长很熟悉了？"

李钟灵闻言一愣，下意识地否认，话到嘴边，顿了两秒，换了个含糊的措辞："还没，我跟他只是刚接触，聊得还行，说熟悉还太早了。"

这话的另一个含义，是在告诉他，她和孟近再接触接触，或许真的能熟悉起来。

她并非为了故意气程嘉西，她知道这么说根本气不到他，因为他并不在意她和谁玩得好。

她也没再和程嘉西置气,他只是不在意她,又没做错什么,没理由被她迁怒。

只是她也想体面地守住自己的自尊心,不想让他察觉自己的心思,不想因此失去这段友谊。

要藏住这样的感情,孟近无疑是个好挡箭牌——虽然这么做对孟近学长很不厚道。

李钟灵在心里对孟近说了声抱歉,决定明天看电影的时候请他吃两桶爆米花。

她回答完之后,程嘉西便没再说话。

他们一路无言,只剩下滂沱的雨沉重而愤怒地击打着伞面。

这雨下得实在大,到了自家楼下,李钟灵的帆布鞋都已经被淋湿大半,一路护着她的程嘉西更是被淋湿了大半个肩膀。

她抖了抖身上的水,邀请他上楼:"这雨太大了,你先来我家坐会儿,等雨停了再回去?"

程嘉西轻轻摇头:"我房间的阳台门好像没关,得回去看看。"

他卧室的落地玻璃门连通着一个露天小阳台,下雨天不关门的话,雨吹进屋子里难收拾。

李钟灵没再挽留他,只嘱咐道:"那你回家记得喝点热水驱寒,你身上淋了雨,别感冒了。"

程嘉西听话地点头,朝她弯弯眼睛:"你也是。"

目送她进电梯上楼,电梯门合上,程嘉西收回目光,脸上笑容不再。

199

雷声贯耳，暴雨自黑沉沉的天空倾泻而下，惨白的闪电一闪而过，光亮照在他俊秀但紧绷的侧脸上。

他没撑开伞，径直走进雨中。

关于孟近忽然约自己去看电影这事，李钟灵满是疑惑。

幸亏现在是电子信息时代，她和祁东的聊天记录里还留着孟近的联系方式，复制添加，说明来意。

对方很快通过。

李钟灵开门见山地问：学长，明天下午真的去看电影吗？

说实话，她不太想去。看今天下雨这架势，明天又是一个雨天，她不想在湿漉漉的天气出门，即使对方是帅气的孟近学长。

消息发过去，孟近反问：你发小没说什么吗？

李钟灵疑惑道：什么说什么？

程嘉西什么都没说，而且孟近学长不是约的她吗？怎么拐到程嘉西的身上了？

那一边，孟近也奇怪，难道是他搞错了？

那男孩看他那眼神，按道理来说不应该啊。

李钟灵很快反应过来，又问：学长你……不会是帮我在试探吧？

孟近果然说是。

李钟灵感激他的配合，同时又更心酸无奈。

她苦兮兮地回：已经很确定了。

孟近：抱歉，是我多此一举了，那电影还看吗？

李钟灵婉拒道：真爱才会愿意大雨天出门赴约。

孟近上道地回复：懂了。

经此一遭，两人也算是半个战友，李钟灵索性跟他交代了自己以后可能会拿他当挡箭牌这事，孟近大方地表示没关系。

才跟孟近聊完，班花就发来消息抱怨，说今天的雨又大又突然，把她困在甜品店半天，到家都淋成落汤鸡了。

抱怨是其次，她的主要目的是八卦。

你和孟近学长相处得怎么样？

他送你回家了吗？

赶紧交代，这个新朋友聊得怎么样？

够让你喜新厌旧了吗？

李钟灵试图用最简单的话堵住她八卦的嘴：你呢？

班花毫不犹豫地选择跳过这个话题：明天上我家来玩，有好东西。

见她转移话题，李钟灵就知道，今天的团建一点都没改变班花的想法，她才是那个舍不得旧人的人。

李钟灵回复：什么好东西也不值得我在雨天出门。

班花竟然坚持不懈要给她分享，还愿意妥协：那我去你家，懒死你算了。

李钟灵惊讶地问：究竟是什么好东西，让你愿意冒雨跋山涉水？

班花：就一部电影。

李钟灵不信，只是看电影的话，周一中午在学校也能看。

她严重怀疑此人动机不纯。

李钟灵想了想，体贴地问：是不是要我叫上姜北言一起？

班花连忙拒绝：千万别。

班花：这部电影只适合闺中密友一起交流。

李钟灵：懂了。

什么时候能不当个秒懂的女孩。

李钟灵和班花约在周日中午，这时候陈美玉女士在店里忙活，绝对不会回家，是她们俩在家疯闹的最佳时间。

天气阴沉沉的，意料之中的下着倾盆大雨，即使打着伞，都能被斜着的雨淋成半个落汤鸡。

班花进屋就咒骂："这雨比江直树去偷电动车那天下得还大，赶紧先让我洗个澡。"

李钟灵接过她湿透的伞，晾在门口，故意拿腔作调："衣服已经给您备好了，公主请。"

一句话浇灭了班花的火气，她傲娇地扬起下巴，真像公主一样，迈着优雅的小步子去了浴室。

班花以百米冲刺的速度洗完澡，换上睡衣，跟李钟灵一块儿把卧室的门反锁，窗户关上，窗帘也拉严实，此刻，笔记本电脑放在两人面前，她们肩并肩地靠在床上，准备钻研这部小众爱情电影。

两人都是第一次看，好奇、期待、郑重，还带着那么一点小紧张。

看完开场的前十几分钟，逐渐进入主题，李钟灵越来越觉尴尬，脚趾都蜷缩了起来。

李钟灵并不是因为是第一次看才觉尴尬，而是影片里的男主角某些角度有点像一个人。

尤其是他的手，修长干净，指节分明，像是为弹钢琴而生的一双美手。

偏偏身旁的班花仿佛有读心术般，冷不丁地出声："你有没有觉得像谁？"

李钟灵差点被口水呛到咳嗽，故作镇定地问："像……像谁？"

班花委婉地说："程某西。"

不如直接指名道姓。

李钟灵下意识想否认，扭头却见班花一脸戏谑，像是早就知道。

"你故意的？"

班花诚实地点头："为了安慰姐妹受伤的小心灵，特意给你找的，我千挑万选才选到一个低配版，感觉怎么样？"

"你也太太太……"李钟灵红着脸憋了半天，给她竖了个大拇指，"太够朋友了！"

班花哈哈大笑。

笑声还没停，李钟灵的手机铃声就响了。

两人同时看过去，看到来电人的名字，不约而同地沉默。

对视，再沉默。

班花看了眼电影里正在"辛勤耕耘"的男主角，又看了一

高考后竹马偷亲了我一下

眼响个不停的手机，板着脸开口："这小子是不是在你房间装了监控？"

李钟灵咬牙切齿道："不如说坏事做多了一定会被抓。"

班花慌慌张张地合上电脑："那现在怎么办？他不会已经在门口了吧？"

"别讲鬼故事！"

李钟灵喝止了她的想象，拿起手机，硬着头皮接下电话："喂，小西？"

电话那边的男生咳嗽了两声，才开口："钟灵，你家现在有人在吗，我来还伞。"

班花口中的鬼故事照进现实，李钟灵连忙否认三连，急得连声音都不自觉拔高："没人！不在！别来！"

意识到自己太激动，她又赶紧缓和了语气："我、我现在不太方便，外面也下雨，你明天把伞带去学校给我就行。"

程嘉西没说好也没说不好，不搭腔，只是在电话那边不停地咳嗽，听上去又像在刻意压抑，声音很轻，但还是足够让人听见。

想着他昨天是不是淋雨受凉了，李钟灵担心地问："你感冒了？"

程嘉西压抑地咳嗽了一声："小感冒，没事。"

他一直咳嗽，李钟灵不太相信他口中的"小感冒"，继续问："吃药了吗？量体温了吗？有没有发烧？"

程嘉西只是低低地"嗯"了声，也不详细说是在回答她的哪个问题，说得不明不白的："我没事，你在外面玩得开心。"

李钟灵还想问他几句,电话却被他挂了。

她赶紧再打回去,转念一想,光打电话还是不放心,照程嘉西那个完全不会照顾自己的性子,她得亲自去跑一趟。

李钟灵丢下手机,一边从衣柜里随便扒拉出内衣换上,一边跟班花交代:"程嘉西生病了,我去他家看一下,饭在冰箱零食在电视柜,你随意。"

她三下五除二换好衣服准备出门,班花都没能来得及搞清楚状况,反应过来后,追着从卧室里跑出来:"不是,你就把我一个人丢家里?也太重色轻友了吧?"

"病患更重要嘛,理解一下。"李钟灵换好鞋拿上伞,一边开门一边回头冲她说,"下次找个低配版姜北言的电影给你做补偿。"

门一打开,她就跟门外正举着手敲门的人对上了视线。

班花倒吸一口冷气,李钟灵跟门外的少年大眼瞪小眼。

姜北言奉家中母上大人的命来给邻居送刚做好的卤味,端着碗在门外敲了半天门都没听见里面有人应,结果突然一开门,还没见着人,就听见有人提起自己的名字,还加了个"低配版"的前缀。

他皱了皱眉:"什么低配版的我?"

门外的人一头雾水,门内的两人活像见了鬼。

三十六计跑为上!李钟灵拿着伞就从姜北言身边的空隙钻了出去,拔腿就跑,头也不回地丢下一句:"你问班花!"

姜北言问李钟灵干吗去,她也没回,跑得比兔子还快。

姜北言无语,转头看向班花。

班花淡定地举起一只手,晃了晃,跟他打招呼道:"嗨,看黄……呸,看鬼片吗?"

姜北言沉默了,脸黑了又红,红了又黑。

幸好李钟灵家和程嘉西家的小区离得不远,而且她挺明智,穿的人字拖,不过裤脚还是不可避免地被淋湿了些。

她在楼下抖了抖雨水,坐电梯上楼,原本还想摁门铃,却发现程嘉西家的大门压根没关严实。

李钟灵把伞晾门口,换了双室内拖鞋,试探性地喊了声:"小西?"

屋里没人应。

李钟灵以为他出了什么事,赶紧关门进屋,直奔他卧室。

房间里拉着窗帘,光线昏暗,床上的拱起蜷缩成一团。

李钟灵快步走过去,看到他略显疲惫的睡颜,这才稍微松了口气,原来只是睡着了。

少年侧躺着,一侧脸颊陷进柔软的枕头,额发软趴趴地耷拉着,看着睡得并不舒适,眉心微微皱起,脸色潮红,看着有些不正常。

李钟灵伸手在他的额头上探了探温度,果然发烧了,而且已经有些烫手了。

她蹲在床边,轻轻拍了拍他的脸,低声喊他:"小西,小西?"

她唤了好几声,程嘉西才迷迷糊糊地睁眼。或许是生着病的缘故,程嘉西的眸子仿佛蒙了层水汽,湿漉漉的,看上去可怜兮兮。

程嘉西惹人怜爱的模样看得李钟灵心尖一颤。

很不合时宜地,李钟灵的脑海里闪过刚刚在家看的电影里的某个画面。

相似的角度,相似的眼神,甚至脸上不正常的潮红都过分相似。

李钟灵连忙摇头,甩掉脑子里那些乱七八糟的东西。

程嘉西的可怜模样也只维持了几秒。

他撑着床坐起来,掀开被子,拨了拨有些挡眼睛的头发,刚睡醒的声音有些哑:"你怎么来了?"

说话前他还控制不住地轻咳了两声,咳嗽声压在嗓子里,像是不愿被她听到。

李钟灵顿了一下,不知道是不是她的错觉,程嘉西说话的语气似乎有些冷淡。

她不自觉地放轻声音:"你发烧了,我送你去医院打针。"

程嘉西低着头,哑着嗓子拒绝:"不去医院。"

李钟灵知道他向来不喜欢消毒水味重的地方,但也不能让他就这么烧着。

她蹲在他身前,抓着他发热的手,让他感受正常人的体温:"你看你都烧成这样了,得去医院看一下。"

程嘉西低垂着眼睛看她,额前的碎发投下淡淡的阴影,眉眼间的情绪匿在阴影中,让人看得不真切。

李钟灵像哄小孩一样哄他:"小西听话嘛。"

程嘉西一向听她的话，今天却任性得有些反常。他从她手心里抽回手，躺回床上，扯着被子往身上一盖，蒙过头顶，声音闷闷地从被子里传出来："不去。"

李钟灵好气又好笑，扶着床沿起身，隔着被子拍了拍他："你闹什么别扭呢？"

躲在被子里的人一动不动，像是不想搭理他。

李钟灵真不知道程嘉西在闹什么别扭，只当他是因为生病才闹脾气。

劝不动也拖不动，她只好妥协，去他家客厅找医药箱，看看有没有退烧药。

幸好他家备着这些药，李钟灵看完说明书，拿了感冒药过来，却见原本蒙在被子里的人已经离开了床，正站在衣柜旁边，侧身对着门口脱衣服。

李钟灵进门就看见他微微弓着脊背，把身上的白色短袖一把拽下来。原本睡得凌乱的头发更乱了，但更醒目的是他清瘦的窄腰和清浅的腹肌轮廓。

她几乎是反射性地背过身，声音里带着几分不自觉的慌乱："你、你脱衣服干吗？"

程嘉西不紧不慢地套上干爽的衣服，又从衣柜里拿了一套干爽的衣服："睡觉出了汗。"

李钟灵"哦"了声，听着身后的脚步声，猜测他是换完衣服了，边转过身边抱怨地嘟囔："换衣服也不知道关门……"

话说到一半，面前递过来一套干净衣服。

她疑惑地问："给我干吗？"

程嘉西拿走她手里的感冒药和温开水，好让她腾出手来拿衣服："你衣服湿了。"

李钟灵这才想起自己被淋湿的裤脚，于是接过他手里的衣服，说了声"谢谢"，准备去隔壁房间换上。才走了两步，她又回头，一脸严肃地道："你先把药吃了，我得盯着你咽下去。"

她没忘记这人刚刚闹小孩脾气，严重怀疑他会更幼稚地偷偷把药给扔掉，假装说吃了。

偏偏程嘉西今天像是跟她杠上了般，故意唱反调："等你回来再吃。"

李钟灵无语，不过他好歹说的是"等你回来再吃"，而不是"不吃"，到底没跟他犟，妥协说："那你等我两分钟。"

程嘉西的衣服对她来说实在宽大，他穿着合身的短袖，套在她身上完全遮住了臀部，休闲裤的裤腿被她往上挽了两三截，才勉强不拖地。

她以为程嘉西会回房间等她，从隔壁房间出来时，却见他还站在原地，一眨不眨地盯着她的方向，生怕她偷偷走了似的，手里的药还真是一动都没动。

李钟灵走过去，不满地叉腰训他："你一个发着烧的，不回房躺着，傻站在这儿干吗？"

程嘉西没说话，慢条斯理地把胶囊塞进嘴里，就着温水服下。

李钟灵守着他吃完药，然后推着他往房间里走："赶紧去床上躺着，吃完药好好睡一觉。"

程嘉西起初还乖顺地走了两步，却又忽然停住，垂着脑袋背对着她，声音很低地问："你要走了吗？"

他一停住，李钟灵就推不动他了，只能没好气地拍了下他的腰："你这样我哪能走得成？赶紧回床上睡好，我去给你煮点粥。"

程嘉西这才终于肯动，慢吞吞地挪着步子往床的方向走，声音闷闷地："打扰你和孟近看电影，真是抱歉。"

他的语气里带着几分怨念，并没多少抱歉的真心，对孟近的称呼也从孟学长变成直呼其名。

但李钟灵没这么细心，顺着他的话说："这有什么好道歉的，你又不是故意生病。"

程嘉西的脊背僵了一秒，他抿了抿唇，没搭腔。

程嘉西的爸爸生意越做越大，人也越来越忙，常常几个月见不到一次面，李钟灵常来他家，对他家的布局比自己家还熟。

她轻车熟路地去厨房淘米煮粥，摁下电饭煲的开始键，琢磨着还要些时间，擦了擦手上的水，再回卧室看了一眼程嘉西。

他又蜷缩成了一团，用厚棉被把自己捂得严严实实。

李钟灵庆幸自己回来看了这一眼，连忙走过去，隔着被子轻轻拍了拍他："你发烧不能这么捂着，不然吃的退烧药都没用了，越捂越烧。"

程嘉西反而把被子扯得更往上，只露出高挺的鼻梁，声音闷在被子里："冷。"

房间里关着窗户，也没开空调，除了有些闷，温度是合适的。

他觉得冷，显然是因为正在发烧，体温调节失常。但发烧的正常操作是及时散热降温，这样捂着只会越来越烧。

李钟灵狠了狠心，把他身上的厚棉被掀开，卷成一团放旁边，又绕过他的床，从衣柜旁边的储物柜里拿出一条薄被，扔他身上："盖这个。"

程嘉西这次倒没任性，听话地盖上薄被，只是依旧用薄被把自己捂得严实，蜷缩着的身体还隐隐发着抖。

他连声音似乎都在抖："还是冷……"

退烧药没这么快起作用，他捂着会更烧，不捂着又发抖。李钟灵也有点拿不定主意了，挠挠头说："要不然还是去医院打个针吧。"

"医院"对他来说仿佛是什么禁忌词，程嘉西立刻拒绝："不去。"

李钟灵有点急了："那你又冷又热的，烧坏了怎么办？"

程嘉西不说话，只是默默往床的另一边挪了挪，腾出一个人的位置，掀开薄被的一角，眼神湿漉漉地看着她。

如果眼前这个人不是程嘉西，李钟灵绝对会觉得他是在诓自己，但即便眼前这个人是程嘉西，李钟灵现在也开始怀疑他是不是被谁给夺舍了。

程嘉西并没有说什么恳求的话，似乎并不迫切地想知道她帮不帮这个忙。

见她没动作，程嘉西就默默地放下了薄被，撑着床坐起来，要去拿床上刚卷成一团的厚棉被。

李钟灵连忙爬上床，伸手过去，抓住他的手阻止他，再一次妥协:"行了,我去拿湿毛巾来给你物理降温行了吧?祖宗?"

程嘉西弯弯眼睛,不再执着冷还是热,像小学生一样,乖巧地坐到床边,双手搭在大腿上。

这样的物理降温的办法,李钟灵是从陈美玉女士那里学到的。

小时候程嘉西生病,一个人在家,她跟着陈美玉女士来看望他的时候,陈美玉女士就是这样给他降温退烧的。

程嘉西似乎也很喜欢被这样照顾,会觉得自己像一个小孩——他是这么跟她说的。

李钟灵并不是很理解,明明那个时候,他本来就是一个小孩。

李钟灵端来水盆,撸起袖子,将毛巾拧得半干不干,站在他面前,扬扬下巴:"抬头。"

程嘉西听话地抬起脑袋,李钟灵并不温柔地把毛巾盖他脸上,从额头擦到下巴,再到他纤细修长的脖颈。

不管她力气轻还是重,程嘉西始终仰着头,模样乖巧地望着她。

李钟灵一低头,便望见他湿漉黑亮的眼睛。

不知道是什么时候,两人的距离拉得很近,她站在了他敞开的双腿间,只要程嘉西稍微再往前一点,就能靠在她的胸前。

鼻尖萦绕着他衣服上洗衣液淡淡的香味,和他身上若有若无的汗味混在一起,并不难闻,反而莫名地让她忍不住想多闻两下,又怕小动作被他发现端倪,只好勉强忍住。

李钟灵一动不动地坐在他面前,有些呆愣地与他大眼瞪小眼。

耳畔有什么声音,仿佛鼓槌敲在鼓面,篮球砸向地板,发出连续性的砰砰声,一声盖过一声。

程嘉西高热的体温,似乎分毫不差地传导给了她——要被烧坏的人,仿佛变成了她。

在过响的心跳声和过高的温度被他发现之前,李钟灵连忙从床上坐起来,逃也似的往房间外走:"我、我……我去看看你的粥煮好了没有!"

没看床上的人什么反应,她头也不回地往外跑去了。

李钟灵只顾着逃跑,完全忘记掩盖自己在面对发小时不应该存在的慌张。

程嘉西没阻止她也没喊她,只是沉默地看着她逃跑的背影,若有所思。半晌,他后仰倒回床上,被子扯过头顶,藏住发红的耳根和压抑的闷笑。

李钟灵跑到浴室先用冷水泼了一把自己的脸,给自己的脸降降温。

她跑得太急,撑着洗手池,喘息着看着镜面,绯红的脸颊,微张的嘴唇,被水沾湿的刘海,无不昭示着她的慌张和狼狈。

李钟灵在浴室待了好一会儿,总算勉强平复心情,她将被体温烘热的毛巾重新过了遍冷水,磨磨蹭蹭地回到程嘉西的房间。

大概是感冒药里的安眠成分起了作用,床上的人已经睡着了,乖巧地闭着眼睛。

不用面对清醒的程嘉西,李钟灵稍微松了口气,轻手轻脚地走过去,坐在床边,把湿毛巾对折几次,轻轻敷在他的额头上。

高考后竹马偷亲了我一下

李钟灵不敢盯着他的脸看太久,她做完这些就挪开视线,目光却不经意间落在了程嘉西露在被子外的手上。

程嘉西烧得厉害,这一小会儿工夫,冷毛巾就被他的体温烘得温热。

好在敷冷毛巾降温的方法有用,李钟灵前前后后折腾了几个来回,拿体温枪在他耳边测温,体温总算往下降了。

她轻轻地舒了口气,累得打了个呵欠。

粥还在电饭煲里煮着,还需要些时间。等着也是等着,李钟灵趴在他书桌边,玩手机游戏消磨时间。

雨天总是容易犯困,淅沥的雨声是天然的催眠白噪音,她游戏没玩几局,呵欠倒打了不少。

李钟灵从来不跟自己的生理反应唱反调,索性放下手机,趴在桌上打盹。意识迷迷糊糊时,她似乎听见有人在喊她,声音很轻很遥远,分不清是梦境还是现实。

她感觉身上忽然多了个什么东西,像是毛毯之类的布料,很温暖。

她搭在桌上的手被人握在手心,那人轻轻捏着她的手指,像在抚摸,又像在把玩。

李钟灵在睡梦里皱起眉,想让那人别调皮捣乱,眼皮却沉得厉害,怎么也掀不开,被牵着的指节触碰到什么,温温热热的,很柔软。

她没能睁开眼看见,却似乎能隐隐分辨得出那是什么。

214

她蹙起的眉心缓缓舒展,梦里的她,心情像是踩上了蓬松甜腻的棉花糖,软绵绵,轻飘飘。

窗外的雨还在下,淅淅沥沥的。

她或许也要爱上下雨天了。

....

李钟灵的生物钟比闹铃早一分钟,她从梦里醒过来,望见自己房间熟悉的天花板,发散的意识渐渐回笼,后知后觉地发现,原来不是第二天早上。

这个午觉睡得着实有些久,都快天黑了,做的梦也很漫长。

原来高考后真的会梦回高中,连不常做梦的她,都梦见了高中的事。

那些在记忆里蒙尘的往事,在梦境里变得清晰。

她心里的某些疑问也被回忆里的细节解答。

李钟灵裹着被子在床上滚了两圈,心情很好地爬起床,一边往房间外走,一边给程嘉西发消息,问他什么时候到。

今天是七夕,溪川江边会有烟花秀,他们约好晚上一起去看。

消息才发出去,李钟灵就耳尖地听到客厅里传来的微信提示音,跟她发消息的时间刚好同步。

她开房间门的动作一顿,立刻重新关上,反锁,原路后退,赶忙换衣服化妆。

程嘉西也真是的,每次都来得比约定时间早很多,还好她反应快,不然又顶着一副刚睡醒的邋遢模样去见他。

李钟灵在房间里磨磨蹭蹭地打扮好,这才走出房间。

原本她还想做出不知道他已经来了的模样,以此来表示她平时在家也都这样干净、整洁、完美,结果却在见到程嘉西时直接愣住了。

准确地说,是她看到他的第一眼,就看见了他左耳耳廓上那几颗夺人眼球的黑色耳钉。

李钟灵以为自己看错了,跑到他面前细看——那可不就是耳钉吗!

她惊得睁大眼,手指着他的左耳:"你……你怎么打耳洞了?"

打了还不止一个,右耳耳垂、左耳耳垂和耳软骨处都打了。

她仔细一看,他耳钉的位置似乎有点眼熟。

这不就是前些天看的电影里的男主角同款吗!

程嘉西配合地弯腰,让她看得更清楚:"你当时好像很喜欢。"

李钟灵扶着额头。

果然。

她只是随口说了句男主角的耳钉很帅,他竟然就这么跑去打了同款耳洞。

"喜欢是喜欢……"李钟灵无奈又心疼,"你不疼吗?"

程嘉西摇摇头:"不疼,没什么感觉。"

李钟灵睇他一眼,故意说:"是吗?那我也去打个试试?"

她边说就边打开手机:"我搜搜这附近哪儿有……"话还没说完,手机就被程嘉西抽走。

李钟灵看向他。

程嘉西心虚地低头，不敢跟她对视，声音也没底气："上面几个……有点疼。"

李钟灵蹂躏似的揉了揉他的头："你啊，随便一句话就当真，还好这次只是耳钉，要是唇钉舌钉乳钉，你要怎么办，也要去打？"

程嘉西抬起头，微微睁大的眼里闪过不言而喻的震惊："你……还喜欢这些吗？"

这人抓重点的能力真是能气死人。

李钟灵没好气地又揉了下他的头："打比方啊，笨蛋！"

程嘉西松了口气，似乎刚刚那一瞬间，他真的有把那三个假设列在暑假计划里。

李钟灵无奈又好笑，想到刚做的梦，她顿了顿，状似漫不经心地开口："有件事，我想问问你。"

"什么事？"

李钟灵看着他问："你是不是经常在我睡着的时候偷亲我？"

"嗯？"

程嘉西眼神茫然而无辜，仿佛没听清她的问题。

李钟灵却看破了他的伪装，不轻不重地打了他一下："别想装无辜糊弄过去。"

程嘉西果然是这么想的，被她戳穿，他心虚地移开眼："没有经常。"

李钟灵不信："你在我这儿的信用已经透支了。"

程嘉西沮丧地低下头，闷声道歉："因为你睡着的样子很可爱,很喜欢,所以才偷亲的。对不起,以后不会了。"

李钟灵原本还想趁此教训他一下,没想到他认错这么快,道歉的同时还夸她可爱,还说喜欢她。

谁能想到一直没能从他嘴里撬出来的这两个字,会在这时候听见。

哪有人在道歉的时候告白啊!她都不好意思再教训他了,真是要向他投降了。

李钟灵抬手在脸边扇了扇风,佯装淡定地轻咳了一声,语速飞快地开口:"以后可以不用等我睡着。"

程嘉西像是没听清又或者没听懂,抬起头有些茫然地看向她:"嗯?"

李钟灵自然是不好意思再说下去了,她从他手里抢回手机,抬腿先一步走,边走还边催:"赶紧出发,再晚点烟花都要放没了。"

程嘉西听话地跟上去,体贴提醒:"还有两个小时才开始。"

"闭嘴!"他的提醒只得到一句夯毛的回应。

将近晚上九点,溪川江边挤满了熙熙攘攘的人群,放眼望去,只看见一片人头攒动。

李钟灵和程嘉西来得早,提前在最合适的观景地点占好一席之地,却难抵闷热的空气。

李钟灵趴在江边的围栏上,热得有些蔫了:"这时候又希望下雨。"

程嘉西拿着刚接的传单给她扇风:"还有一分钟。"

李钟灵闻言拿出手机,调到录像模式,提前做好拍摄准备。

结果她临时又冒出个主意，镜头往左一转，对准身旁的少年，语速飞快地吩咐他："给你一分钟的时间，跟我表白，我就答应跟你交往。"

程嘉西愣了一下："我们不是已经……"

李钟灵打断他的话："谁说跟你谈恋爱了？你都没有正式表白过，快点快点，过时不候！还有五十秒，四十九，四十八……"

程嘉西被她突如其来的行为弄得手足无措，大脑宕机。

向来说话做事都像蜗牛一样慢吞吞的人，此刻犹如蚂蚁上锅。

偏偏越急越慌，越慌越急，别说组织表白的措辞，他连说话都结巴起来："我、我……钟灵，你、你……"

他急得眼睛里起了雾。

李钟灵难得见他这么慌张的模样，故意逗他逗到底，还在无情地倒数："八、七、六……五、四……三、二……"

在数字一落下的瞬间，九点的烟花表演准时开场，烟花自远处升空，在藏蓝色的夜幕中绽开成五彩缤纷的火花，轰鸣声响彻云霄，变幻的彩色光亮照亮他们的侧脸。

李钟灵的眼中却不只有缤纷烟花，还有少年放大的俊脸，扫过她眼睑下微颤的眼睫。

程嘉西的吻落在她唇上。

人声喧嚷，他的告白终于不再磕绊，近在咫尺，尤为明晰。

"我喜欢你，请继续让我当你的空气。"

EXTRA
他所追逐的世界

她的朋友太多了

生长在阳光下的太阳花

不是上天赐予的巧合

他正在成为李钟灵的习惯

高考后竹马偷亲了我一下

　　程嘉西讨厌溪川市的新家——没有独立花园的平层公寓,房间很小,不讲礼貌的人很多。

　　比如眼前这个,上来就说他是哑巴和聋子的女孩,叽叽喳喳,聒噪烦人。

　　这是程嘉西对李钟灵的第一印象。

　　他才不是哑巴,也不是聋子,只是单纯不想理她。

　　他长这么大,从来没见过这么能说的,也从来没见过这么一头热的。

　　程嘉西很不明白,每天去她家店里吃饭的人那么多,跟在她身后的尾巴那么多,为什么她偏偏要缠着他,非要一直缠着他?

　　他不明白,更不想搭理。

　　看到李钟灵摔跤,他也不想去扶她起来。

　　程嘉西就这么站在原地,冷眼旁观着。

　　阴暗的小人在心里鼓掌,幸灾乐祸,摔得好,摔伤了正好不会再来烦他。

　　他转身,脚步轻快地往家走,却不知怎么进了药店,更不知道自己为什么要买药,送到她妈妈的店里,还亲手帮她处理好了伤口。

为什么呢？

都怪她摔倒了不马上爬起来，非坐在地上望着他，好像等着他去扶，好像很相信他会去扶。

阳光照进琴房，微尘在阳光下旋转飞舞，程嘉西的手指在黑白琴键上暴躁地弹奏，钢琴发出的声音像是歇斯底里的怒吼，令人心烦意乱。

为什么？

为什么要相信他？

为什么这么轻易就相信一个陌生人？

程嘉西无法理解，也厌恶这种感觉。

他讨厌溪川市，讨厌那些故作怜悯的眼神，讨厌闲言碎语的"垃圾"，讨厌相信他会伸出援手的李钟灵，讨厌相信他能过得好，所以放心丢下他的妈妈。

钢琴键砸下沉闷的重音，程嘉西弓着脊背喘息，汗水沿着侧脸往下淌，一颗颗往下砸，脱力后垂在身侧的手指不受控制地颤抖。

躺在琴旁的手机响铃，是父亲打来的电话。

他任由铃声响，没有动作。

铃声很快停了，紧接着跳出来一条消息。

程嘉西瞥了一眼，没点开看，不用看也知道，是父亲告诉他自己今晚不回家。

正好，他谁也不想搭理，只想自己一个人安静地待着。

程父两天没有归家，程嘉西也在家里待了两天，不吃不喝，发疯似的练琴。

第三天，有人摁响他家门铃。

程嘉西打开门，看见一张灿烂得过分的笑脸。

"中午好啊，程嘉西，我来给你送饭。"

李钟灵抬起手里提着的打包盒，显摆似的晃了晃："你爸爸说你这两天都待在家里，也不接他的电话，他担心你天天吃泡面，所以在我家店里订了餐，托我妈妈给你送过来。不过你也知道饭馆在饭点的时候都很忙，我妈妈这会儿走不开，所以就拜托我来啦。"

说话的时候，她注意到程嘉西在身侧颤抖的手，指着问："你的手怎么了？不会是因为寒假快完了，从早到晚都在补作业，所以写得手都麻了吧？"

她的话真的很多，只是跑个腿，为什么要费尽口舌地解释，自作主张地关心人？

程嘉西很烦话多的人。

他什么也没说，在她啰里吧唆的时候关上门。

这是无礼的举动，是刻薄的行为，但他顾不上这么多。他练琴已经够累了，实在没力气也没心情扮演乖巧角色。

李钟灵猝不及防地被关在门外，一头雾水，在门口拍门："你关门干吗？饭还没拿呢！程嘉西？程嘉西！至少把饭拿进去吧？你不开门拿饭我就不走了啊？"

隔着门，她的声音也很吵。

程嘉西没理会她，进房间继续弹琴。

他以为自己会继续心无旁骛地弹琴，却控制不住地分心，留意门外的动静。

李钟灵还在门外喊他的名字，吵得让人心烦，可过了一会儿，她没动静了，他心里又涌出比烦躁更浓烈的失落。

不应该是失落，他不承认自己会有这种情绪，继续弹琴。

弹过无数遍的曲子，错了好几个音。

程嘉西恼火地合上琴盖，起身在原地站了会儿，到底还是走去玄关，然后打开门。

李钟灵果然走了，或者说，早就走了。

门口只有被塑料袋装着的打包盒，孤零零的。

她肯定不会再来了，也不会再跟他说话。

程嘉西把她打包来的饭菜提进屋，放在桌子上，机械地打开。

全是他喜欢吃的菜，还残留着余温。

可他已经很久没产生过食欲，送进口中的任何食物都味同嚼蜡，只会让他犯恶心。

他本想像以前一样把这些饭菜扔掉，却鬼使神差地拿起筷子，把她送来的饭菜一点一点地吃干净了。

程嘉西发现他完全不了解李钟灵，也摸不透她。

再一次见面，李钟灵照旧跟他打招呼，仿佛什么都没发生，依旧友好热情，让他恍惚以为他之前做的那些都只是梦。

她冲到他面前，冲那些闲言碎语的人破口大骂，声音尖锐，语气暴躁,用词粗俗,像随时随地要张嘴咬人的小狮子。

她依旧聒噪、无礼。

程嘉西站在她的身后,看着她教训口不择言的小尾巴之一,生怕刚刚骂人的话反弹到自己身上。

她的声音把他的鼓膜吵得发疼,脑袋都快爆炸。

他却忍不住轻笑出声。

他的笑声让她回头看过来,他立刻收敛笑意,将目光移开,但为时已晚。

李钟灵已经窜到他的面前:"你是不是笑了?你刚刚绝对是笑了,对吧!"

她激动得手舞足蹈,仿佛下一秒就要狠狠地拥抱他。

李钟灵这种人就像是太阳能发电器,给一点阳光就能让她运转很久,被这种人黏上,是件很麻烦的事。

程嘉西本来没想过给她任何回应,准备继续不搭理她,却又不知怎么的,竟做出了和预想截然相反的行为。

他朝她弯起眼睛,笑意未达眼底,挂上虚伪的乖巧笑容,承认道:"嗯,笑了。"

给她一点阳光好了,就当是这次的感谢。

下一秒,他弯起的眼睛微微睁圆,虚伪的笑容裂成碎片,只剩惊愕。

李钟灵抱住了他。

很快的一个拥抱,还不到两秒钟,李钟灵就松开了他。

程嘉西愣在了原地,忘记做出微笑,也忘记问她这是做什么,只怔怔地看着她。

他以为李钟灵会说些什么，至少要说一说抱他的原因。

但她什么也没有说，只是揉了揉他的脑袋，把他的头发揉得乱糟糟的，然后就带着她的小尾巴走了。

他真的完全不了解李钟灵，也摸不透她。

她就像是一个谜题。

程嘉西想要解开这个谜题，于是开始跟在她身后，成为她的小尾巴之一。

寒假过去，他转学到溪川市的学校。

天空放晴的次数变得频繁，树枝渐渐抽出新芽，麻雀偶尔出现在枝叶间，课间打开窗户，就能听见它们的谈笑。

春天就要来了。

程嘉西没有转到李钟灵所在的班，但他们回家的路线一致，他自然而然地被李钟灵邀请，放学一起回家。

老师偶尔拖堂，教室离得很远，每天放学，他们在校门口会合。

放学铃响，程嘉西背着书包往校门口的方向走，眼尖地瞧见比他先下课的李钟灵，和姜北言并肩走在前面。

他加快脚步，但没有追上去，也没有出声，掐着两三步的距离，跟在他们身后。

"你最近怎么总黏着那个程嘉西？天天跟他一起回家，还请他来家里玩？你不会是对那个呆子有想法吧？"

姜北言的话说不上客气。

李钟灵也没跟他客气，"呸"了他一句："是我妈妈说他刚搬来这边，一个人怪可怜的，让我多带着他玩，你少找他的麻烦。"

姜北言不满地反驳："什么找他的麻烦？我都说了上次不是故意推他的，我道歉了！"

他们俩说的是前不久的事，几个人一起玩时，不知道发生了什么分歧，姜北言推倒程嘉西，让程嘉西磕到了脑袋，还磕得不轻，额头都肿了个包。

一般小孩伤成这样，不被吓哭也被疼哭，但程嘉西没哭也没闹，擦药的时候忍痛忍得眼睛都红了，却一声没吭，乖得不得了。

在姜妈妈过来指责姜北言时，程嘉西还替姜北言说好话。

姜北言是不是故意推倒程嘉西尚且存疑，因为李钟灵确实看到他们俩之前发生了争执。

姜北言坚称自己不是故意的，他很少撒谎，这话原本还算有点说服力，但程嘉西不仅没哭没闹，还顺着他的话帮他开脱，说是自己不小心摔的。这一对比，程嘉西越通情达理、乖巧懂事，就越显得姜北言无理取闹，狡辩推卸责任。

比起扯着嗓子说自己没错的，大人们更愿意相信低眉顺眼先认错的。

姜北言被他妈揪着耳朵狠狠地骂了一通，最后不情不愿地向程嘉西道了歉。

这也是现在姜北言看不惯程嘉西的原因，他说："随便你信不信我，反正我不喜欢他，他就只会在你们面前装懂事，迟早有一天，我会让你们看清他的真面目。"

他们俩的声音都不小，跟在身后的程嘉西听得很清楚。

所以，他也很清楚地听见李钟灵安慰姜北言："谁说我不信你了，我知道你不是故意推他，也知道他是故意让你挨骂的。"

程嘉西的脚步一顿，垂在身侧的手微微用力，指甲陷入掌心。

他扯了扯唇角，眼里闪过一丝嘲弄，想就此停住，跟他们分道扬镳，可还没转身离开，却再度听见走在前面的女生的声音。

"可是你想想，他当时要是不帮你说那些好话，坚持说你是故意推的他，照你妈妈那脾气，就只是骂你一顿？不得给你来顿竹笋炒肉，让你屁股开花？程嘉西是有点装，但他的懂事不是装的。他爸爸妈妈离婚，搬来咱们这边，他爸还总是把他一个人丢在家里，他从来没抱怨过，也没有变坏。"

李钟灵语气平和地说着这些。

她平时总是咋咋呼呼的，看着没心没肺，聒噪得让人头疼，这是程嘉西第一次听见她这么冷静的声音。

"我其实挺佩服他的，要是咱俩遇到这种事，没人要没人管，我肯定得哭死，你肯定天天去网吧鬼混。一开始我确实是因为我妈的嘱咐，所以带着他玩，但现在不是了，我觉得他很厉害，我很佩服他，想真心跟他交朋友。"李钟灵说着就笑了起来，"其实他跟你一样，很别扭，逗你们这些别扭的家伙真的很好玩。上次我故意抱他，把他吓死了，哈哈！"

姜北言的关注点总是偏："什么时候？我怎么不知道？你抱他干吗？！"

他骤然拔高的声音吵得李钟灵脑瓜子嗡嗡的。

李钟灵翻了个白眼:"干吗?你吃醋啊,要不然我也抱下你?"

她说着就张开手臂,姜北言红着脸拔腿就跑:"想都别想!"

李钟灵哈哈大笑,像老鹰扑小鸡一样,张开双臂去追他。

两人朝着校门口的方向跑远。

程嘉西没跟上去,在原地站了许久,紧握成拳的手指缓缓松开,指甲在掌心留下深深的月牙印。

正如姜北言所说,他确实是虚伪的。

不想弹琴,但为了让母亲开心,他可以练上一整天。

不想搬家不想独居,但为了让父亲放心,他从头到尾都在点头。

无论开心与否,他总是挂上温和乖巧的笑容,让人安心,也让人看不透他的心。

他从来没有发自内心地对李钟灵微笑,他以为她缺根筋看不出来,原来她只是不说出来。

这天下午,程嘉西站在春风吹过的林荫道,盯着手心里的月牙,眼睛也弯成了月牙。

习惯是很可怕的东西,不知不觉,程嘉西习惯了李钟灵在他的身边吵闹,而他也习惯了跟在李钟灵身后,成为她的小尾巴之一。

他不讨厌这种感觉,也不打算做出改变。

他的身边只有李钟灵,李钟灵的身边却不只有他。有人想做她的朋友,有人想当她的恋人。

这些都没关系，朋友会疏远，恋人会更替，他只想成为李钟灵的习惯，也正在让自己的存在变成她的习惯。

李钟灵的朋友很多，不光是那三个从小一起长大的发小，她走在学校里，随时随地都能遇见熟悉的人，笑着跟他们打招呼聊几句。

广结人缘的李钟灵没那么多心思在程嘉西身上。

再加上程嘉西不爱说话，即使跟在她身边，也经常被她忘记。她的朋友太多了。

被忽略的次数多了，程嘉西也会有不满，有时候会想上网查查，让人减少交朋友的办法。

可当他看到李钟灵跟朋友们聊天说笑时，又觉得这样也很好。

她是生长在阳光下的太阳花，就该灿烂地绽放。

不过，程嘉西也懂得该怎么提高自己的存在感。

初中经历过差点被保姆猥亵的事后，他在住院时，对护士的靠近表现排斥。

陌生的异性让他想起那个疯女人，让他反胃。

疯女人是犯病的疯子，他也是。

除了他自己，没人知道，那被关的三天里，他并非只是单方面地被疯女人语言骚扰，他也对她说过更疯狂、更恶毒的话。

隔着一扇门，他用最平静的语气，最尖锐的言语，对她发泄深藏在心底的阴暗恶意，也让她更疯狂。

程嘉西排斥陌生异性的接触，但李钟灵似乎把他的厌恶，误解成畏惧。

李钟灵是正义感十足的女侠,自然而然地将他纳入需要被保护的弱势行列。

出院返校后,有其他班的陌生女生走过来搭讪,想要他的联系方式。

程嘉西还没开口拒绝,就被不知道从哪里冒出来的李钟灵拉至身后。

身材娇小的女孩窜到他们中间,用身体隔开他和别人。

她抱歉地婉拒那个女生:"不好意思啊,他不闲聊,暂时也不交新朋友。"

女生对她的行为很不满,竖起眉毛质问:"你谁啊?凭什么帮他做决定?"

"我是他半个监护人。"李钟灵处理问题的方式很柔和,十分自来熟地揽住那个女生的肩膀,跟她咬耳朵,"我弟弟这人也就脸好看,性格很木的,你就算加上他也跟他聊不来几句。要不然这样,我把萧南的联系方式给你,我们班的萧南你知道吧?他很能聊,你不如试试认识他。"

她也很会糊弄人,三下五除二,就把人给开开心心地劝走,还不忘嘱咐一句,别告诉萧南,这联系方式是她给的。

目送人家离开,李钟灵转过身,脸上的笑变成担忧:"你还好吧?刚刚没被吓到吧?"

看样子,她完完全全把他当成了温室里的花朵,需要好生呵护。

程嘉西觉得有些好笑,但并没有阻止她。

他做出松一口气的模样，弯起眼睛，目光感激地看着她："谢谢。"

李钟灵摸了摸脑袋，笑得大大咧咧："这有啥好谢的，真要谢就请我喝奶茶吧！"

程嘉西笑着点头："好。"

被当成弱小的人，他并不反感，相反，这是一件好事。

他或许该谢谢这场意外，让他得以让李钟灵没那么频繁地遗忘他的存在。

自这以后，他配合地躲在李钟灵身后，偶尔还会主动寻求她的帮助，或者主动创造需要让她伸出援手的条件，比如受伤，比如生病。

他心安理得地享受李钟灵的庇护。

程嘉西没有姜北言那样高贵的自尊心，又或者说，自从偷听到李钟灵说他和姜北言一样，都是个别扭的人后，他就决心放下那所谓的别扭。

他可以经常被她忽视或遗忘，但不想让她看到自己就想起另一个人。

以后哪怕她离开他，偶尔地想起他这个人，她也会觉得不习惯，找不到人替代。

他正在成为李钟灵的习惯。

程嘉西不爱说话。

比起自己成为众人视线的中心，他更愿意待在不被人关注的角落，安静观察。

观察久了，不难发现，李钟灵的尾巴们都格外在意她。

祁东的在意光明正大，坦荡地喊她"大姐大"，对她唯命是从。

萧南的在意成熟隐晦，隐藏得毫无痕迹，等待她更成熟些更敏锐些，自己去察觉。

姜北言的在意别扭矛盾，心里在意得要命，却总是口是心非，每天跟她斗嘴争吵，为了那点可悲的自尊心，总在关键时刻不长嘴，说反话。

当局者迷，旁观者清。程嘉西每天跟在他们身边，以一个冷漠的旁观者身份，观察着他们的单箭头。

亲眼见证过母亲的变心和背叛，他对这种情感始终保持着厌恶。

可程嘉西却从来没想过，自己也会陷入这种微妙的情绪。

那一天，李钟灵把写给萧南的信交给他，拜托他帮忙誊写。

即便过了很久，程嘉西也没能忘记当时的感觉，像是内心深处的死火山骤然苏醒，情绪在胸腔里如岩浆一般沸腾翻滚。

他听见自己的喉咙发出艰涩的声音："为什么……"

李钟灵自然而然地回答："因为小西你从来没拒绝我过啊，你不会拒绝我的，对吧？"

她以为他的为什么，问的是为什么让他帮忙。

但程嘉西知道，他想问的为什么并不是这个。

为什么是萧南？

为什么会是萧南？

他作为旁观者，不是没有发现李钟灵对萧南的一些"优待"，但从来没往这方面想。

李钟灵也常向他说起和萧南的一些事，他以为只是因为她和萧南在一个班，相处时间多，趣事也更多。

程嘉西恍惚地回想起李钟灵提到萧南时的模样，她说的趣事其实一点儿也不有趣，但她讲的时候笑得很开心。看着她的笑容，他也不由自主地开心。

然而现在，她提及萧南时露出的每一个笑容都变成一根根尖刺，尖锐地扎进了他的心脏。

李钟灵还在双手合十地拜托他，可怜巴巴地恳求道："求求帮孩子这一次，我绝对不会亏待你的。"

程嘉西沉默了很久，他该像往常一样微笑着答应她，却已经笑不出来了。

第一次表情管理失败，他紧抿着唇，很用力地闭着嘴，才不让自己说出多余的话。

他还是答应了，接受了这份委托。

一回到家，他差点没能忍住要把这封信撕成碎片。

程嘉西平静又麻木地坐在钢琴前，发白的指节砸上琴键，琴音像喷涌爆发的火山，胸腔里冒出的火焰般的情绪，几乎要将他烧为灰烬。

琴声告诉他，这情绪是愤怒，他也立刻知道，这愤怒是因为什么。

只用了一个晚上，程嘉西就认清并接受了现实。

就像成为李钟灵的小尾巴一样,他并不厌恶这种感觉。于是,程嘉西也不打算违背内心做出改变。

他愿意陪李钟灵做任何事。

帮她吃掉她不喜欢吃的东西,帮她解决对她来说棘手的麻烦,帮她誊写她送给别人的信。

就算只是陪她蹲在路边,观赏被雨淋湿的花,她盯着花,他也会盯着花坛边的她。

他并不懂得被雨水淋得残败的花骨朵哪里值得这么专心地欣赏,但只是看着这样的她,这段时间就很值得。

他是像空气般没有存在感的人,时常会让人忘记存在。

李钟灵的身边不会只有他,但只有他一定会在她身边。

在她保护欲旺盛的时候,在她开心或者不开心的时候,在她脆弱的时候。

无论什么时候,他一直都在。

程嘉西不喜欢出风头,常常有意识地把自己边缘化。

存在感低,会为他省去很多麻烦。

他不用像祁东那样忙于排球队的训练,也不会像萧南那样常常被老师,或者同学委托帮忙。当然,更不会像姜北言那样,一举一动都被学校里的女生关注着,隔三岔五的被拦在路上搭话。

他们的校园生活充实忙碌,精彩纷呈。

程嘉西的生活清静单一,或许在别人看来还有些枯燥,但他乐在其中。

几百几千人的注视，都不及李钟灵多看他一眼。

也正因为他的时间富余，所以李钟灵需要办什么事情的时候，即使不在第一时间想到他，也会在她找不到其他人的时候想到他。

很多时候，他不是李钟灵的第一选择，但最终会被李钟灵选择。

因为他是随时候场待命的替补。

上初中的时候，李钟灵经历过一次敲诈勒索，被校外的混混拦在路上，威胁要钱。

李钟灵对钱最看重，自然不肯，但还是被混混抢了去，还被扇了一巴掌。

她最先想到的人是姜北言，怕妈妈看到担心，不敢回家，躲到姜北言家里避难。

姜北言隔天帮她把钱包和钱都抢了回来，两人却大吵一架。

李钟灵一气之下离开他家，跑到程嘉西家里。

她愤愤地诉苦："什么叫只是五十块钱，抢了就抢了，五十块钱难道就不是钱了？"

程嘉西没吭声，只是举着热毛巾轻轻地贴在她的脸颊上，帮她热敷消肿。

没得到附和，李钟灵敏感地问："你是不是也觉得姜北言是对的？"

程嘉西目光冷淡地盯着她红肿的左脸，声音很低："他是担心你的安全。"

李钟灵抓住他拿着热毛巾的手，不满地朝他看了过来。

他敛去眼底的情绪，弯着眼睛，语气柔和地说："但五十块钱确实不算少。"

总算找到认同，李钟灵立刻附和："对啊，半个月的早餐钱呢！"

程嘉西状似漫不经心问："知道那些打你的人是谁吗？"

李钟灵摇摇头："不认识，但我下次遇见绝对掉头就跑，不再跟他们硬碰硬。"

程嘉西弯起唇，夸赞似的摸了摸她的头："明智的做法。"

"吃一堑长一智嘛。"李钟灵"嘿嘿"地笑了几声，又自言自语般碎碎念，"本来钱就不够，好不容易攒下来，别说五十块了，五块钱我也不乐意给他们。"

程嘉西早就注意到她最近在为钱发愁，借着这个机会提起这事："你最近好像很着急筹钱？"

李钟灵愣了一下，想要装傻糊弄过去："有吗？没有吧？"

程嘉西也不说话，就只是看着她。

李钟灵跟他大眼瞪小眼互看了一会儿，到底败下阵来。

她认输承认："是在筹钱。"

程嘉西问："是缺钱急用吗？"

李钟灵摇头："也没有很急，"说完又马上否认，"也没有不急，就是我妈妈最近总是腰疼，我想给她买个按摩仪，但我的压岁钱和零花钱都不多，省来省去也攒得慢，节流行不通，就只好……"

她没把"开源"这两字给说出来，但程嘉西还是猜到了，他并不意外地问:"所以你帮人抄作业?"

李钟灵惊愕:"你怎么知道?"

程嘉西弯了弯眼睛:"你最近总是在写作业。"

稍微留心,就不难发现。

李钟灵认输般叹气,说:"好吧,什么事都瞒不过你,你可别跟别人说啊,干我们这行,要有契约精神,保密原则。"叮嘱完,李钟灵又庆幸道,"幸好是被你发现,要是被其他三个发现,我就惨了。"

她相信程嘉西的人品,也清楚他的性格,只要拜托了他,他就会保密。

但是程嘉西并没有回应他,而是说:"我也想赚钱。"

"啊?"李钟灵以为自己听错。

程嘉西不紧不慢地说:"我也想试试赚钱是什么感觉,你有客源吗?"

连客源这么专业的词都用上了。

帮人抄作业不是什么好事,李钟灵感觉自己像在带坏小孩,有些犹豫地开口:"有是有,但是……这是个体力活,而且写一本作业其实赚不了几块,很累的。"

她委婉地想劝退他。

程嘉西却摇头:"我说的不是需要抄作业的客源。"

李钟灵睁大眼睛:"你想帮人考试作弊?不行不行,这绝对不行,连我都不敢干这么大的。"

她想象力太丰富,也太跳脱,程嘉西有些无奈地笑了笑,索性回房间一趟,拿来自己平时整理的知识点笔记,直接问:"你觉得这些能卖多少钱?"

李钟灵这下才懂,原来是复印笔记拿去卖了赚钱。

她以前怎么没想过这办法!

程嘉西说:"你拿去复印,帮我找客源卖出去,赚到的钱我们五五分。"

李钟灵正要说好,又觉得五五分不妥:"我就只算一个中介,五五分你会不会太亏了?"

程嘉西纠正道:"是前台兼客服和中介,你人脉多,会推销,如果没有你做这些,这些笔记在我手里的价值是零。"他笑了笑,给她一剂强心针,继续道,"所以,我稳赚不亏。"

李钟灵立刻被他说服,激动地扑过去使劲抱住他:"小西,你太好了,又聪明又好!"

猝不及防的一个拥抱让程嘉西微微一怔,随即眯起眼睛,抬起手,虚虚地环住她的肩膀。

解决了怎么赚钱的事,该解决抢钱的人了。

程嘉西的眼神渐渐阴沉,但是抱着他的人并没有看见。

李钟灵靠着卖笔记还真赚了不少钱。

不光这件事,年关将近时,她还从班花那儿听到一个爆炸性的新闻,对她来说可是比赚到钱还要大快人心的好消息。

之前勒索她的那几个混混被人送进了局子。

班花的妈妈是派出所的警察,一家人吃饭时经常聊到上班时候遇到的案件,刚好聊到这个案件,班花知道那几个人就是勒索李钟灵的小混混,然后就立即把这个好消息告诉了李钟灵。

听说那几个混混是因为勒索了一个有钱的学生才被警方带走的。

那学生书包里装着五千块钱,本来是要去买衣服的,却被他们拦住勒索,五千块钱全给了他们。

结果第二天,警察就找上门了。

因为那个学生被他们拦住勒索的时候,偷偷用手机录了音,第二天就去派出所报了案。

那群混混都满了十六周岁,敲诈了五千块钱,由于数额较大,足够判他们刑。

混混的父母对那学生下跪,求他私了,但对方一句没听,坚决要走法律程序。

恶人自有天收,李钟灵听完只觉痛快,立刻把这好事分享给了程嘉西。

"就该不私了,他们的儿子以前勒索别人,没见他们出来管,现在够判刑了,知道怕了?哼哼,晚了!"李钟灵绘声绘色地讲述,末了还要从倾听者这儿找认同,"小西,你说是不是?"

程嘉西配合地附和:"嗯,他们活该。"

李钟灵接着讲:"听说有个混混的父母后来还撒泼呢,说被勒索的那个学生是故意陷害他家儿子,不然谁家小孩书包里背五千块钱现金?结果没想到,人家是富二代,压根没觉得那是多少钱。"

听班花的转述,无论是报案还是和混混的父母交涉,那个被敲诈的男孩都表现得很冷静。

因为是未成年,所以这种情况需要联系家长,但他唯一的监护人在国外出差,只能电话联系。当时他们打着越洋电话,还开着免提。

男孩好像对钱没什么概念,被混混的父母质问为什么随身带着五千块钱现金的时候,男孩还很无辜地问:"五千块钱很多吗?"

混混的父母还没说什么,电话那边的男孩爸爸先出声:"我留给你的银行卡你还没找着吗?就拿着这点零花钱,够你买身衣服吗?"

混混父母的脸色更难看了。

五千块钱可是他们家一个月的工资,也足够给他们的儿子量刑,但对男孩家来说,只是给小孩的零花钱。

李钟灵说着说着,双手合十祈祷上了:"恭喜发财,恭喜发财,老天爷,赶紧给我天降一个这样大方的有钱爸爸吧。"

她闭着眼睛拜了又拜,祈祷的模样还很虔诚。

程嘉西忍不住轻笑出声。

李钟灵睁开眼睛,朝他瞪过来:"这是我正儿八经的新年愿望,不准笑!"

程嘉西听话地闭上嘴,只是抿起的唇角,仍藏不住弧度。

学着她祈祷的模样,他也双手合十:"我也要许愿。"

李钟灵好奇地问:"什么愿望?"

程嘉西看着她,说:"下次和你分到一个班。"

李钟灵愣了一下,被他这单纯又微不足道的愿望给逗笑:"就这？你好歹许个发大财中大奖的愿望吧？"

程嘉西没反驳她的话，只是看着她笑。

对他来说，能和李钟灵分到一个班就是中大奖。

可惜的是，他这样小的一个心愿却从来没能实现。

运气方面，程嘉西总是最差劲的。

他的愿望年年落空，初中和高中，他没有一次和李钟灵分到过一个班。

但程嘉西在学校跟她碰面的次数并不算少。

李钟灵接水路过他们班的时候，跟同学一起去学校小卖部的时候，在教室外走廊透气说笑的时候，总能遇见他。

李钟灵很惊讶，开玩笑地说："好像总是能在学校里碰到小西。"

程嘉西没搭腔，只是弯着眼睛朝她笑笑。

她这不是问句，他也就不需要回答。

李钟灵显然也并没在意原因，只是单纯地认为这样的偶遇是他们心有灵犀，有缘千里来相会。她和程嘉西很有缘分，所以即便不同班，也能天天见面。

程嘉西没有否认，也没有附和。

她不会知道，她的活动路线很单一，只要一周的时间，就能摸透她大概会在什么时候出教室透气，什么时候去接水，什么时候去小卖部。

程嘉西永远也不会告诉她。

那些偶遇，不是上天赐予的巧合，是他在追逐她的背影。

图书在版编目（CIP）数据

高考后竹马偷亲了我一下 / 做饭小狗著. -- 南京：江苏凤凰文艺出版社, 2025. 1. -- ISBN 978-7-5594-8998-2

I. I247.5

中国国家版本馆CIP数据核字第20243YY827号

高考后竹马偷亲了我一下

做饭小狗 著

责任编辑	白　涵
策划编辑	阿　宅
特约编辑	阿　宅
封面设计	光学单位
责任印制	杨　丹
出版发行	江苏凤凰文艺出版社
	南京市中央路165号，邮编：210009
网　　址	http://www.jswenyi.com
印　　刷	天津中印联印务有限公司
开　　本	880毫米×1230毫米 1/32
印　　张	7.75
字　　数	169千字
版　　次	2025年1月第1版
印　　次	2025年1月第1次印刷
标准书号	ISBN 978-7-5594-8998-2
定　　价	49.80元

江苏凤凰文艺版图书凡印刷、装订错误，可向出版社调换，联系电话 025-83280257